U0047108

錦瑟無端五十弦，一弦一柱思華年。莊生曉夢迷蝴蝶，望帝春心託杜鵑。

經典3.0
ClassicsNow.net

迷人的詩謎

李商隱詩
The Poetry of Li Shangyin

李商隱 原著

葉嘉瑩 導讀

阮筠庭 故事繪圖

他們這麼說這本書
What They Say

插畫：李俐潔

王安石
📅 1021～1086

💬 北宋政治家、思想家王安石，以李商隱為杜甫唯一的繼承者，給予李商隱極高的評價。宋代蔡居厚在《蔡寬夫詩話》中提到：「王荊公晚年亦喜稱義山詩，以為唐人知學老杜而得其藩籬者，唯義山一人而已。」

> 唐人知學老杜而得其藩籬者，唯義山一人而已

葉燮
📅 1627～1703

💬 李商隱擅長七律和五言排律，但七絕也有傑出的作品。清代詩人葉燮在《原詩》中評價其七絕：「寄託深而措辭婉，實可空百代無其匹也。」

> 寄託深而措辭婉，實可空百代無其匹也

沈德潛
📅 1673～1769

💬 清代詩人沈德潛在其編選的《唐詩別裁集》中，評李商隱的七律：「義山近體，襞績重重，長於諷喻，中有頓挫沉著者可接武少陵者，故應為一大宗。後人以溫、李並稱，只取其穠麗相似，其實風骨各殊也。」

> 後人以溫、李並稱，只取其穠麗相似，其實風骨各殊也

施蟄存

 1905～2003

 作家施蟄存在《唐詩百話》一書中，提到：「在唐詩中，李商隱不能說是最偉大的詩人，因為他的詩的社會意義，遠不及李白、杜甫、白居易的詩。但我們可以說李商隱是對後世最有影響的唐代詩人，因為愛好李商隱詩的人比愛好李、杜、白詩的人更多。」

對後世最有影響的唐代詩人

葉嘉瑩

 1924～

 這本書的導讀者葉嘉瑩，現任天津南開大學中華古典文化研究所所長。她認為：「李商隱的詩像謎語一樣是很難解的，可是它的美是很吸引人的。以詩學來說，杜甫以後學杜甫學得最好的就是李商隱，李商隱學杜甫有幾種不同的方式：一種方式，就是表面學得很像，比如《行次西郊作一百韻》，那是完全模仿杜甫寫人民的疾苦，這是正面學杜甫。另外一面，就是李商隱學到了杜甫藝術性的句法，就像這句『桂花吹斷月中香』，這是杜甫的句法。」

像謎語一樣是很難解的，可是它的美是很吸引人的

你要說些什麼？

你

 ？

 在二十一世紀此刻的你，讀了這本書又有什麼話要說呢？請到classicsnow.net上發表你的讀後感想，並參考我們的「夢想成功」計畫。

和作者相關的一些人
Related People

插畫：李俐潔

📅 812～858

💬 字義山，懷州河內（今河南沁陽）人。他的詩長於律詩、絕句，辭藻華美，色彩濃麗，多用典故。尤其是一些愛情詩寫得纏綿悱惻，為人傳誦。有《李義山詩集》。

李商隱

令狐楚

📅 766～836

💬 令狐楚是中唐重要的政治人物，與當時許多重大的政治事件有密切關係，在文學上以古文大家聞名，尤善四六駢文。令狐楚對李商隱非常欣賞，不僅引為幕府，並傳授其駢文技巧。他的兒子令狐綯更對李商隱中進士有揄揚之助，但後來與李商隱反目。

📅 780～835

💬 生於一個豪族大家。歷任藍田主簿、殿中侍御史、諫議大夫、劍南宣慰使、給事中、兗海密觀察使等官職。為李商隱的表叔，對他非常器重，他的兩個兒子與李商隱也頗有交情，但可惜剛提拔李商隱就去世。

崔戎

王茂元

📅 ?～843

💬 出身將門，幼從父征戰，以勇略知名。因欣賞李商隱的才華，便把么女嫁給了李商隱。但由於王茂元屬李黨，而李商隱的老師令狐楚屬牛黨，因此造成了李商隱一生的坎坷仕途。

杜甫

📅 712～770

💬 為唐朝現實主義詩人。其詩歌兼備多種風格，除五古、七古、五律、七律外，還寫了不少排律。後人尊其為「詩聖」，作品集有《杜工部集》。李商隱推崇杜甫，不僅學杜甫的古體，也重視杜甫的近體。其創作在句法、章法和結構方面受到杜甫的影響。

柳枝

📅 不詳

💬 李商隱年輕時有一段戀情，女子是一位十七歲的姑娘柳枝。她在偶然的機會下聽到李商隱的詩，便主動邀約。但李商隱卻未赴約，而後柳枝被大官收為妾。之後李商隱寫了一組詩《柳枝五首》，講述了柳枝的故事。

這本書的歷史背景
Time Line

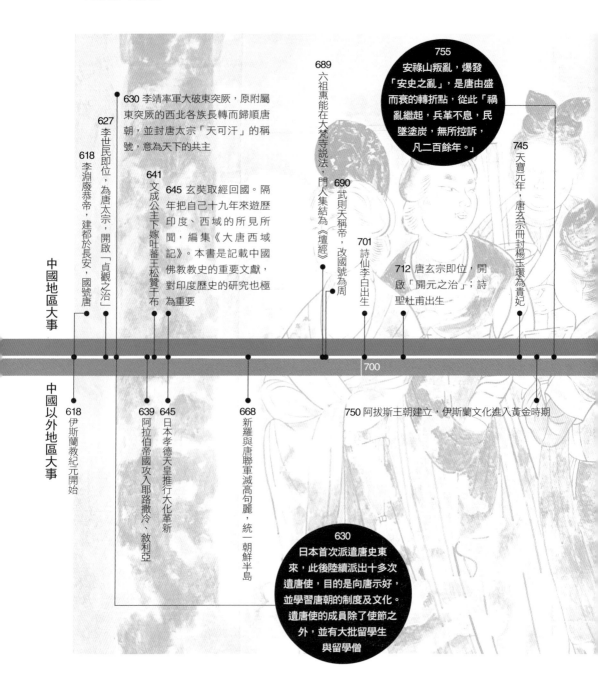

中國地區大事

618 李淵廢恭帝，建都於長安，國號唐

627 李世民即位，為唐太宗，開啟「貞觀之治」

630 李靖率軍大破東突厥，原附屬東突厥的西北各族長轉而歸順唐朝，並封唐太宗「天可汗」的稱號，意為天下的共主

641 文成公主下嫁吐蕃王松贊干布

645 玄奘取經回國。隔年把自己十九年來遊歷印度、西域的所見所聞，編集《大唐西域記》。本書是記載中國佛教教史的重要文獻，對印度歷史的研究也極為重要

689 六祖惠能在大梵寺說法，門人集結為《壇經》

690 武則天稱帝，改國號為周

701 詩仙李白出生

712 唐玄宗即位，開啟「開元之治」；詩聖杜甫出生

745 天寶元年，唐玄宗冊封楊玉環為貴妃

755 安祿山叛亂，爆發「安史之亂」，是唐由盛而衰的轉折點，從此「禍亂繼起，兵革不息，民墜塗炭，無所控訴，凡二百餘年。」

700

中國以外地區大事

618 伊斯蘭教紀元開始

639 阿拉伯帝國攻入耶路撒冷、敘利亞

645 日本孝德天皇推行大化革新

668 新羅與唐聯軍滅高句麗，統一朝鮮半島

750 阿拔斯王朝建立，伊斯蘭文化進入黃金時期

630 日本首次派遣遣唐史東來，此後陸續派出十多次遣唐使，目的是向唐示好，並學習唐朝的制度及文化。遣唐使的成員除了使節之外，並有大批留學生與留學僧

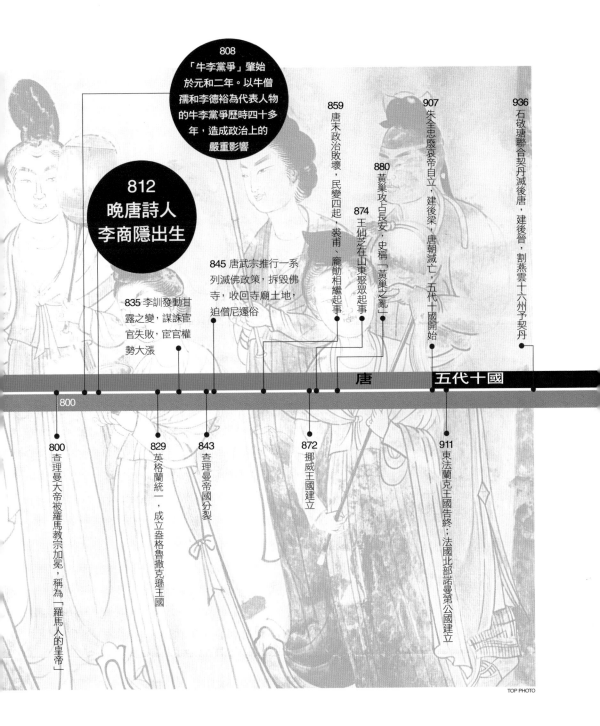

808
「牛李黨爭」肇始
於元和二年。以牛僧
孺和李德裕為代表人物
的牛李黨爭歷時四十多
年，造成政治上的
嚴重影響

812
晚唐詩人
李商隱出生

859
唐末政治敗壞，民變四起，裘甫、龐勛相繼起事

907
朱全忠廢哀帝自立，建後梁，唐朝滅亡，五代十國開始

936
石敬瑭聯合契丹滅後唐，建後晉，割燕雲十六州予契丹

880
黃巢攻占長安，史稱「黃巢之亂」

874
王仙芝在山東聚眾起事

845 唐武宗推行一系列滅佛政策，拆毀佛寺，收回寺廟土地，迫僧尼還俗

835 李訓發動甘露之變，謀誅宦官失敗，宦官權勢大漲

唐　　　　五代十國

800

800 查理曼大帝被羅馬教宗加冕，稱為「羅馬人的皇帝」

829 英格蘭統一，成立盎格魯撒克遜王國

843 查理曼帝國分裂

872 挪威王國建立

911 東法蘭克王國告終；法國北部諾曼第公國建立

TOP PHOTO

7

這位作者的事情
About the Author

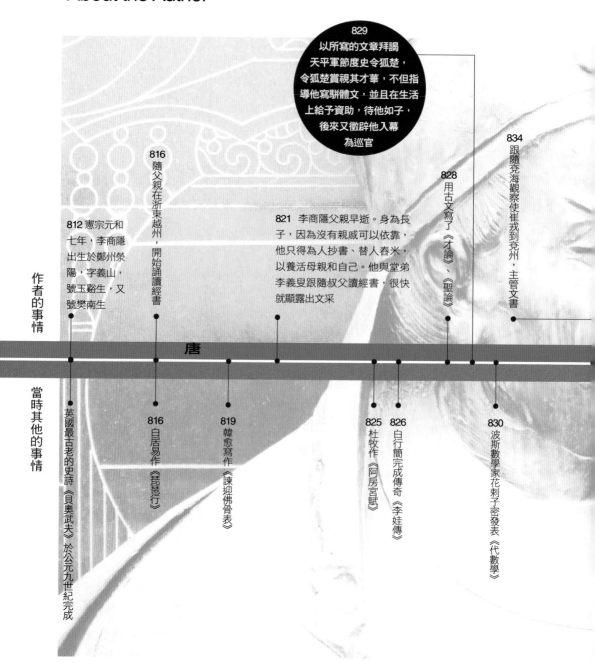

作者的事情

當時其他的事情

唐

829
以所寫的文章拜謁天平軍節度史令狐楚，令狐楚賞視其才華，不但指導他寫駢體文，並且在生活上給予資助，待他如子，後來又徵辟他入幕為巡官

834
跟隨兗海觀察使崔戎到兗州，主管文書

816
隨父親在浙東越州，開始誦讀經書

828
用古文寫了《才論》、《聖論》

812 憲宗元和七年，李商隱出生於鄭州滎陽，字義山，號玉谿生，又號樊南生

821 李商隱父親早逝。身為長子，因為沒有親戚可以依靠，他只得為人抄書、替人舂米，以養活母親和自己。他與堂弟李義叟跟隨叔父讀經書，很快就顯露出文采

816
白居易作《琵琶行》

819
韓愈寫作《諫迎佛骨表》

825
杜牧作《阿房宮賦》

826
白行簡完成傳奇《李娃傳》

830
波斯數學家花剌子密發表《代數學》

英國最古老的史詩《貝奧武夫》於公元九世紀完成

838
到涇原節度使王茂元幕下，受其賞識，把女兒嫁給他。由於王家與令狐家分屬李黨與牛黨，李商隱此舉被令狐綯視為背叛。同年，參與博學宏詞科考試，原本為考官所取，複審時卻被除名

851 妻子王氏病故。李商隱夫婦感情深厚，王氏去世後，李商隱深受打擊，寫了許多悼亡詩，情感真摯，沉鬱哀痛，如《夜雨寄北》

836
作《燕台四首》

853
在東川幕，將其駢文作品編為《樊南乙集》。然而這段時間，李商隱抑鬱不樂，轉而投入佛教信仰，與當地僧人為友，捐錢修建佛寺，甚至想出家為僧

839 任弘農尉，作《任弘農尉獻州刺史乞假歸京》

845 應堂叔鄭州刺史李褎的邀請，赴鄭州

849 入武寧節度使盧弘止之幕為判官，前往徐州

858 作《錦瑟》；辭官，回到鄭州，不久病逝

835 前往玉陽山學道

837 再度赴京考試，在令狐楚之子令狐綯的推薦下，李商隱終於考中進士

842 再以書判拔萃重入秘書省；母親去世

847 入桂管觀察使鄭亞之幕，主管文書；編定《樊南甲集》

852 入梓州柳仲郢幕，兼代掌書記

857 任鹽鐵推官

835 姚合編唐詩選本《極玄集》

848 牛僧孺編小說集《玄怪錄》

853 阿佛烈大帝把拉丁文通俗版聖經翻譯成古英文

時代圖片

9

這本書要你去旅行的地方
Travel Guide

沁陽

TOP PHOTO

● **李商隱墓**
依據清代康熙年間《河內縣誌》的古跡圖，和乾隆年間的《河內通志‧陵墓》裏的相關內容，李商隱墓位於沁陽。

滎陽

● **李商隱公園**
位於滎陽市區東部，以中國傳統園林建造，公園內有一座李商隱墓，據說李商隱葬於此。

洛陽

TOP PHOTO

● **定鼎門遺址**
定鼎門是隋唐洛陽城最外層郭城的正門，現開放有「定鼎門遺址博物館」。

● **牡丹園**
唐代的貴族仕女、文人雅士都鍾愛牡丹花，李商隱就寫過五首關於牡丹的詩。洛陽的牡丹歷史悠久，花色鮮麗，品種繁多，四月中到五月中旬為花季。

大巴山

四川省與陝西省界山。東與神農架、巫山相連；西與摩天嶺相接；北以漢江谷地為界。李商隱曾在四川梓州居住四年，其悼念亡妻的詩作《夜雨寄北》，就曾提到「巴山夜雨」。

西安

TOP PHOTO

● 西安城牆
明朝初年在唐長安城皇城的基礎上所建造起來的，後經過五次大規模修建。全長13.7公里，是世界上現存規模最大的古代城牆。

TOP PHOTO

● 大明宮遺址
大明宮是唐長安城規模最大的一座宮殿。自唐高宗起兩百多年，唐朝的帝王們大都在這裏居住和處理朝政。唐朝末期，整座宮殿毀於戰火，現改建為大明宮遺址公園。

● 朱雀門
唐皇城的正門，也就是皇帝出入的南門。門下是城市中央的朱雀大街。隋唐時，皇帝常在這裏舉行慶典活動。

● 曲江池
盛唐時期的著名風景區，過去許多皇室階級、貴族仕女、文人進士，在此笙歌畫船，悠遊宴樂。現建有「曲江遺址公園」。

TOP PHOTO

● 大唐芙蓉園
坐落於曲江新區，是歷史上有名的皇家御苑。今天的大唐芙蓉園是在原唐代芙蓉園遺址上重建的。

● 樂遊原
位於西安市南郊的一處高地，上有唐代寺廟青龍寺。樂遊原是唐長安城內地勢最高地，登上它可眺望長安城，是文人遊賞之地。李商隱曾作《登樂遊原》詩。

● 含光門遺址
唐含光門遺址門址呈長方形，以黃土版築而成。由於古時來唐貿易的商人必需在含光門內的鴻臚寺登記備案，因此這裏可說是絲綢之路的真正起點。

TOP PHOTO

目錄 迷人的詩謎 李商隱詩
Contents

封面繪圖：李俐潔

02 —— 他們這麼說這本書
What They Say

04 —— 和作者相關的一些人
Related People

06 —— 這本書的歷史背景
Time Line

08 —— 這位作者的事情
About the Author

10 —— 這本書要你去旅行的地方
Travel Guide

13 —— **導讀** 葉嘉瑩

一首詩之所以是好詩、之所以是壞詩，不在於它寫的題目是什麼。任何的題目、任何的人物、任何的內容都可以寫成好詩，也都可以寫成壞詩。我們評賞一首詩，主要是講這首詩在美學上的價值。

63 —— **故事繪圖** 阮筠庭

燕台四首　春

81 —— **原典選讀** 葉嘉瑩　解析

荷葉生時春恨生，荷葉枯時秋恨成。
深知身在情長在，悵望江頭江水聲。
（選自《暮秋獨遊曲江》）

104 —— 這本書的譜系
Related Reading

106 —— 延伸的書、音樂、影像
Books, Audio & Videos

1.0

導讀

葉嘉瑩

以清朝古琴曲譜研究成為主要事業，1893年於天津誕生，著有《中國文學批評的理論》
主任曾任《中國音樂文化研究所所長
著有《唐宋詞》、《中國文學》及《清代詞選》等

李商隱是晚唐詩人的代表人物，與杜牧合稱「小李杜」。年少即有才名，二十餘歲進士及第，但政治上極不得志，做過弘農縣尉、秘書省郎、工部郎中等官職。李商隱是一個有政治理想抱負的人，但一生糾纏於政治黨派與戀愛的痛苦之中，養成感傷抑鬱的性格，表現在詩作上就是「穠麗之中，時帶沉鬱」。

元好問《論詩絕句》云：「詩家總愛西崑好，獨恨無人作鄭箋」。所謂西崑指的是北宋初年，由楊億、劉筠、錢惟演等人所領導的西崑詩派。鄭箋指的是東漢鄭玄為《毛詩》所作的箋解。

李商隱詩大家都認為是很難懂的，好像是謎語一樣，所以從前元好問《論詩絕句》寫了一首詩：

> 望帝春心託杜鵑，佳人錦瑟怨華年。
>
> 詩家總愛西崑好，獨恨無人作鄭箋。

《錦瑟》這首詩引起了很多不同的理解，很多不同的說法。我這次準備講稿的時候，有一個朋友，他說我幫你查了一下《錦瑟》的論文有一百多篇，你怎麼整理呢？我自己以前也寫過一篇論文，論《錦瑟》詩，但是我也論過李商隱更加令人難以猜測的詩，就是《燕台四首》。這四首詩讀起來更加讓人莫名其妙，如《燕台四首》的第一首詩《春》。

> 風光冉冉東西陌，幾日嬌魂尋不得。
>
> 蜜房羽客類芳心，冶葉倡條遍相識。
>
> 暖藹輝遲桃樹西，高鬟立共桃鬟齊。
>
> 雄龍雌鳳杳何許，絮亂絲繁天亦迷。
>
> 醉起微陽若初曙，映簾夢斷聞殘語。
>
> 愁將鐵網罥珊瑚，海闊天翻迷處所。
>
> 衣帶無情有寬窄，春煙自碧秋霜白。
>
> 研丹擘石天不知，願得天牢鎖冤魄。
>
> 夾羅委篋單綃起，香肌冷襯琤琤佩。
>
> 今日東風自不勝，化作幽光入西海。

真是跟謎語一樣，到底說了些什麼？那歷來注詩的人有幾十種不同的說法，我個人雖然也參考了一些別人的說法，不過我自己有一個想法。我認為詩裏面寫的是什麼本事、什麼人、什麼地點、有什麼故事，這個當然也很重要，但我認為一首詩之所以是好詩、之所以是壞詩，不在於它寫的題目是什麼，不在於它寫的人物是什麼，任何的題目、任何的人物、任何的內容都可以寫成好詩，但是也都可以寫成壞詩。我們評賞一首詩，主要是講這首詩在美學上的價值。

時代圖片

（上圖）李商隱公園中的李商隱塑像。
（右圖）李商隱像。

李義山

義山能為古文不喜偶對從事令狐楚幕楚能章奏遂以其道授之自是始為今體章奏博學強記下筆不能自休尤善為誄奠之辭與太原溫庭筠南郡段成式齊名時號三十六體文思清麗視庭筠過之

TOP PHOTO

南唐（937-975）屬五代十國的十國之一，定都於金陵（今南京），為徐知誥（後改名為李昇）滅吳之後所建立，疆土是十國中最大的，為當時南方的強盛之國，傳三世到後主李煜時為北宋所滅。這個時期北方中原政治動盪不安，戰亂頻仍，經濟文化受到嚴重破壞，南唐卻經濟繁榮，文化發達，加上君主雅好文藝，與西蜀同為當時的文化中心。

（右圖）南唐 顧閎中《韓熙載夜宴圖》（局部）
《韓熙載夜宴圖》主要描繪南唐尚書韓熙載生活奢靡之景。而馮延巳正是生於南唐這個衰頹的年代，他的一生既見證了南唐最後的繁華，也迎向了注定悲劇的命運。

所謂詩歌的美學應該分成兩方面：一方面是它能夠感知的因素，它是怎麼樣感受世界的。西方的現象學裏講，當你的意識接觸到外界的景物事件的時候，你那個意識是怎樣在活動，那個本質才是重要的，那是能感知的一種力量。我們普通人具有能感知的力量就足夠了。可是作為一個詩人就不然，一個詩人就既要有能感知的力量，還要有能寫之的力量。因為詩是要寫出來的，你能感之並且能寫之，才成為一首詩。所以我們要讀一首詩，欣賞它、評說它，而不是只在考察它的本事是什麼。同樣的一個故事，某甲來寫可以寫成非常好的詩，某乙來寫也可以寫成很壞的詩。所以我們真正要評說一首詩的好壞，是要從能感知與能寫之兩方面來衡量。一個人最微妙的一點，就是你的心靈、你的意識、你感受的時候的作用和姿態，每個人都是不一樣的，但是這個太抽象化了。我們姑且先把李商隱的生平做一個簡單的介紹。

偶然注定悲劇一生

李商隱一生都是很不幸的。從前我在別的地方講晚唐五代，我說馮延巳生下來就是一個悲劇人物，他生在南唐，他父親和南唐的開國君主烈祖結成了密切的關係，他從小就和南唐的中主交遊。當南唐中主承繼了南唐的國主的位子，馮延巳就做了他的宰相。一個人生在一個一定要走向滅亡的國家，而且跟這個一定要走向滅亡的國家結合了這麼密切的關係，他是生來就注定是個悲劇，一個人生下來就注定是悲劇的命運。

李商隱則是偶然的機會注定他悲劇的一生。李商隱的祖籍是河南，我們只從他留下的文章裏簡單看看他的生平。李商隱是河南人，但是當他小的時候，他的父親是在浙江獲嘉做縣令（一說是幕府），一個很卑微的小官。所以他是河南人，但小的時候生長在南方。更不幸的是，李商隱八、九歲的時候父親去世了。中國注重宗族的繼承，也就是宗嗣。李

TOP PHOTO

17

商隱是家裏的長子，所以他要負起長子的責任，李商隱後來寫了一篇文章《祭裴氏姊文》：

> 某年方就傅，家難旋臻，躬奉板輿，以引丹旐。四海無可歸之地，九族無可倚之親。既祔故邱，便同逯駿，生人窮困，聞見所無。及衣裳外除，旨甘是急。乃占數東甸，傭書販舂⋯⋯。

他說，我的年歲正好是剛跟老師讀書八、九歲的年紀，家裏就遭遇了災難，而我作為長子要舉著引魂幡把父親的靈柩運回河南。然而四海雖大，卻沒有一個是我的家。他已經離開河南那麼遠，河南已經沒有他的家，而這裏說「九族」，親朋沒有一個可以依靠的。「邱」是墳，我把父親埋在祖墳裏，我就成了無家可歸的了。

我們要想真正理解李商隱的詩，要對他的人有個理解。李商隱當年所過的那種貧窮卑賤的生活，是大家從來沒有聽說過的。「及衣裳外除，旨甘是急」，什麼叫「衣裳外除」，就是孝服，中國古人說服喪是三年，因為父母撫養你至少要三年。守孝的期間是不准工作的，但是等到喪服脫下來，吃飯的問題就變得重要了。中國用「旨甘」兩個字絕不會指自己，而是指孝敬母親的。父親死了，母親還活著，所以我要趕快找個工作孝敬我的母親。「乃占數東甸，傭書販舂」，於是我趕快報了一個戶籍把我的名字放進去，在東甸也就是洛陽城東的一個地方。把戶口報到河南以後，那麼用什麼養活他的母親？「傭書販舂」，傭書就是他給人抄寫，因為唐朝的時候印刷術還不是很流行，所以他被人雇去做抄書的工作；「舂」就是舂米，「販舂」就是他販賣勞力給人舂米。這是李商隱幼年時候所做的工作。他作為一個

TOP PHOTO

（上圖）青瓷舂米俑。李商隱年幼喪父，身為長子的他一肩挑起家計，不得不靠為人舂米及抄書維生。

長子，不但要謀生，古人認為揚名聲顯父母光宗耀祖，這才是做子孫的一個更重要的責任。所以李商隱讀書一定是苦讀的，我們從他的文章辭藻那麼豐富，就可以看出他的書讀得好，文章也作得好。我們説「有才之人，譬如錐處囊中，脫穎而出」，你如果是個普通人，那就罷了，如果你果然是個有才華的人，那麼即使把你包起來，你的才華還是會像囊中的錐一樣，鋒芒顯露。所以李商隱很小就很有文名。

時運不濟陷入黨爭

李商隱原來寫的文章是古文，唐朝有古文有駢文。據李商隱記載，他寫過《才論》、《聖論》。《才論》也就是論説什麼叫做才？怎樣能夠完成一個才？還有《聖論》，是説你要成為一個什麼樣的聖人。「聖」是你所持守的一個做人的法則，而你所以能夠成為「聖」，是因為你有從始至終不改變的持守，才能夠達到你這個理想。他年輕的時候本來是寫這樣的文章的，所以李商隱絕不是像一般人所誤會的那樣，認為他就是一個很浪漫的人，常常寫愛情詩的人。

李商隱十五、六歲的時候，認識一位叫做令狐楚的人，他鎮守河陽，也就是河南。唐朝時有一個風氣，就是「行卷」，你把文章獻給別人，能得到別人的欣賞這就叫「行卷」。於是李商隱把文章拿給令狐楚，令狐楚一看非常欣賞，覺得這個年輕人真是有才華，就叫李商隱跟他一起生活，跟他的兒子一起交遊。令狐楚有一個兒子非常有名後來做了宰相，就是令狐綯，所以李商隱跟令狐綯也有很密切的關係。這個時候，令狐楚就教李商隱説，你不要寫古文了，古文現在已經不流行了。當時唐朝流行的是駢文，對偶的駢四儷六的駢文。所以令狐楚就訓練李商隱寫駢文。李商隱到了十幾歲，也應該去參加科舉考試了，所以令狐楚就資助讓他去參加。李商隱接連考了三次都沒有考上，第一次考試沒有考上，第二次考試又沒有考上，第三次因為生病沒有

唐代科舉考試未如宋代以後有嚴格的糊名密封制度，進士及第與否，並非全憑考試時的答卷所決定，平時的名聲和人際關係都會對考試結果產生重大影響，因此產生了「行卷」的作法。所謂行卷，就是考生到了長安之後，將自己平日的作品，抄錄若干代表性的篇章，再連同自己的名片，送給可能擔任主考官的朝中顯貴或能發揮影響力的知名人物。投獻的作品一般有詩、文，也有被視為能表現史才、詩筆的小説。行卷之後，要耐心恭候回音，經過一段時日如果沒有回應，就要再次上書詢問兼催促，稱為「溫卷」。如能得到重要人物的賞識、揄揚和推薦，便能提高進士及第的機會。

唐代進士及第的考生稱主考官為座主,自稱為門生,大約出現於玄宗朝,到了大曆、貞元間逐漸演變為座主與門生之間的緊密關係,形成有強烈現實色彩的師生之誼。門生視座主為賜予恩惠之地,座主視門生則為可收租徵稅的產業,兩者是互惠式的利益結合。因為當時科舉考試,主考官有很大的決定權,凡能進士及第,此後的榮華富貴被認為皆是出於座主所賜,門生當然要感恩圖報,甚至有「凡號門生而不知恩之所自者,非人也」的說法,可見當時社會風氣。然而座主與門生的串連,卻因此結成黨派互相爭鬥,形成中晚唐政治上朋黨之禍的肇因。

(右圖)唐 張萱《武后步輦圖》

初唐時,科考取士的門閥觀念極重,而武則天為了確立自己的政治勢力,打擊門閥,大量從科舉考試中舉用賢能者。可惜過度強調科舉取士的後果,便是造成座主與門生結黨互鬥的傾向。

去考。這中間有一段時間他跟隨一位叫崔戎的人,崔戎很欣賞他的才華,把他帶到兗海,也就是山東的沿海。

我剛才說到人的命運。李商隱很小的時候就遭遇了父親的喪事,沒有幫助沒有依靠。有令狐楚欣賞了他,但是他考了幾次試沒有考上;有崔戎欣賞他,崔戎是兗海觀察使,於是李商隱到了兗海。可是天下有不幸運的事情,到了那裏崔戎就病了,第二年崔戎就死了。李商隱再度落魄,不得已回來了,於是參加了第四次的考試。這次考試的主考官跟令狐楚的兒子令狐綯是很好的朋友。當時這些考官們有生殺取落的大權,所以他問令狐綯,你父親的門下你所交遊的人士哪一個人最好?令狐綯說李商隱。過了一陣子主考官又問他說,你父親的門下跟你交遊的人哪一個人最好?他說李商隱。令狐綯說了四次李商隱,所以這次科舉考試,李商隱考中了進士。李商隱這個人真是命運中有很多不幸。崔戎是很欣賞他,帶到兗海第二年崔戎死了;令狐楚是很欣賞他的,令狐綯給他揄揚考中了進士,這豈不是一個很大的轉機?可是就在他得到令狐綯的揄揚,也考中了進士的那年冬天,令狐楚死了。剛才我說了父母之喪是三年,令狐楚死了,那麼令狐綯就要守喪三年,這三年李商隱要依附什麼人?這時候出現另外一個人就是涇原節度使王茂元。

李商隱是新科進士,古來選女婿就從這些新科進士中來物色人選。王茂元欣賞李商隱的才華,於是就把女兒嫁給了李商隱。李商隱的文才很好,令狐楚鎮守河陽,欣賞李商隱,網羅到自己門下。王茂元欣賞他,也網羅到自己的門下,這本是人之常情。但是唐朝時有政黨的鬥爭,鬥爭起來有時是非常自私,也非常不理性的。我過去講過蘇東坡和周邦彥,他們同樣經歷了北宋變法新舊兩黨的黨爭。蘇東坡完全以國家民生為重,不管是王安石的新黨還是司馬光的舊黨,蘇東坡都不附和,對就是對錯就是錯,不站在任何一黨一邊。跟蘇東坡差不多同時,還有一個詞人周邦彥,在新黨主政的時

TOP PHOTO

21

唐代軍隊壁畫，懿德太子李重潤墓出土。
TOP PHOTO

唐初即有黨爭，但規模最大歷時最久的則為牛李黨爭，所謂「牛」指的是以牛僧孺為首，包括李宗閔在內的牛黨，「李」是指以李德裕為首的李黨。雖然牛僧孺也好，李德裕也好，表面上都未曾明言自身有結黨之事，但實際上兩人都各結勢力，互相指責對方為朋黨，在政治上爭鬥不休。牛李黨爭起因於元和年間，當時的宰相為李吉甫，主張對割據的藩鎮採不姑息的武力制裁，元和二年的策試中，進士李宗閔在對策時譏諷李吉甫，吉甫之子李德裕後來成為翰林學士，對李宗閔極為不滿，於是兩人開始各樹朋黨，攻訐對方。其後牛僧孺的聲望凌駕了李宗閔，因此李宗閔黨反以牛僧孺為首，而稱為牛黨。牛李黨爭傾軋了四十多年，至宣宗時才結束，絕大多數的朝臣都被捲入，非牛黨即李黨，雙方在政治上互相排擠。兩黨的爭鬥政治慾望多於政治理想，並無堅持固定的理念和政策，多半流於意氣之爭，卻造成政治上的嚴重影響。

（右圖）唐代士兵儀仗隊壁畫，章懷太子李賢墓出土。自從安史之亂後，唐代便陷於藩鎮跋扈、宦官專權的動盪中，而李商隱正處於這樣一個不安的時代。

候神宗擴建太學，周邦彥入學為太學生，他寫了一篇《汴都賦》，於是從學生一升就升到領導。可是當神宗去世了，高太后用事的時候，周邦彥就被貶出去了；等到高太后死了，哲宗用事的時候，把新黨又召回來。而周邦彥的作風跟蘇東坡完全不相似，蘇東坡完全以國家民生為重，而周邦彥在以前新黨得勢時頌揚新黨，得到一個較高的地位，而當他第二次再回來，就既不敢歌頌新黨也不敢歌頌舊黨，就想苟且保全，「人望之如木雞」。雞是要打鳴的，可是人看他就像一個木頭做的雞，根本不會叫，閉口不言天下事，明哲保身。明哲保身也是很聰明的辦法。可是正因為他們兩個人的人格不同，一直到現在，周邦彥的詞雖然富豔精工，可是以境界的高下來說，跟蘇東坡是相差天地。所以文學裏面人格才是最重要的。

關心國家治亂

那麼身處黨爭之中，李商隱是什麼態度？大家都講李商隱寫的是戀愛詩，好像李商隱只會寫愛情詩一樣。剛才我說李商隱剛剛考中進士，令狐楚就死了，他給令狐楚奔喪。那個時候他到長安去，沿路就經過長安城的西郊。而長安城自從安史之亂以後，藩鎮跋扈，宦官專權。李商隱生在憲宗皇帝的時候，他所經歷的憲、穆、敬、文、武、宣六代皇帝中，兩個皇帝被宦官殺死，兩個皇帝被宦官擁立，大臣沒有作為，生殺廢立都掌握在宦官手中。李商隱就生在這樣的時代。

中國的讀書人一向抱持的理想是修身齊家治國平天下，所以當李商隱一考中進士，他所關心的不是自己的身價，而是國家的治亂，所以寫了《行次西郊作一百韻》（節選）：

蛇年建丑月，我自梁還秦。

南下大散嶺，北濟渭之濱。

草木半舒坼，不類冰雪晨。

TOP PHOTO

又若夏苦熱，燋卷無芳津。
高田長欂櫪，下田長荊榛。
農具棄道傍，饑牛死空墩。
依依過村落，十室無一存。
存者背面啼，無衣可迎賓。
始若畏人問，及門還具陳。
巍巍政事堂，宰相厭八珍。
敢問下執事，今誰掌其權。
瘡痍幾十載，不敢抉其根。
國蹙賦更重，人稀役彌繁。
………

夜半軍牒來，屯兵萬五千。
鄉里駭供億，老少相扳牽。
兒孫生未孩，棄之無慘顏。
不復議所適，但欲死山間。
爾來又三歲，甘澤不及春。
盜賊亭午起，問誰多窮民。
節使殺亭吏，捕之恐無因。
咫尺不相見，旱久多黃塵。
官健腰佩弓，自言為官巡。
常恐值荒迥，此輩還射人。
我聽此言罷，冤憤如相焚。
昔聞舉一會，群盜為之奔。
又聞理與亂，系人不系天。
我願為此事，君前剖心肝。
叩頭出鮮血，滂沱污紫宸。
九重黯已隔，涕泗空沾唇。
使典作尚書，廝養為將軍。
慎勿道此言，此言未忍聞。

這是他經過當年戰亂、被剝削擄奪的淒涼農村景象。種

（右圖）敦煌第285窟出土的戰馬壁畫，可以想見騎戰的盛行。對比李商隱詩中百姓因為戰亂而流離失所的痛苦，特別引人感慨。

TOP PHOTO

27

敦煌第45窟出土的商人遇盜
壁畫，反映唐代社會動亂的一
面。

TOP PHOTO

中書省、門下省和尚書省是唐代中央政府最高一級的行政機構，合稱為三省。中書省最高長官是中書令，最重要的職掌就是接受皇帝的旨意而撰擬詔敕。門下省的最高長官為侍中，主要的職掌是奏章的審查保存和詔敕的封駁。尚書省的最高長官為尚書令，副長官為左右僕射，由於唐太宗擔任過尚書令，所以貞觀以後到唐亡，尚書令一直懸缺不置，由左右僕射為代理長官。尚書省為執行政令、總理庶務的機構，又稱為「尚書都省」，設有吏、戶、禮、兵、刑、工六部，組織龐大。

田的農具都棄在道旁，牛餓死了，就在土坡上。他說，我慢慢經過多少村落，經過十家住戶沒有一個活著，就算看到一個活著的人，他看到客人來了就轉過臉去，因為身上沒有衣服，沒有臉面見客人。你要問他近來生活怎麼樣，遭遇什麼事情，他不敢說，他把你帶到家裏，然後才偷偷說出生活的情況。他說那個時候你們高大的中央政府——中書省、門下省、尚書省，宰相吃最珍貴的食物還覺得不滿足。我們國家究竟誰在掌權，為什麼我們國家如同生了幾十年的惡瘡毒瘤，幾十年了沒有人敢根治它，沒有人敢說出來呢？有的時候逼迫鄉親拿出很多供養，所以鄉村裏的老少就互相扶兒攜女地逃亡。我們農村的人何嘗沒有小孩，我們剛剛生下嬰兒還沒有長成就「棄之無慘顏」，因為沒有糧食養不活，我們都不敢想我們逃到哪裏去，因為沒有一塊安樂的土地，我們只希望平靜地死在鄉村的山裏。近來三年春天不下雨，四面都是盜賊，大白天盜賊就來了。而且因為久旱塵土飛揚。有個當官的身體特別健康，因為他吃得飽，腰上還配著弓，他說是替官家巡邏的，可是就是這個當官的人可能到荒郊野外就把你殺死。你看這是什麼樣的政治，老百姓過的什麼樣的生活？

李商隱怎麼會寫下這樣的詩篇來？大家都說李商隱寫的是愛情詩，而這《行次西郊作一百韻》李商隱純然是受杜甫的影響。杜甫的《自京赴奉先縣詠懷五百字》與《北征》那首長詩寫當時天寶年間戰亂的困苦，都是寫實的。李商隱完全是杜甫的作風。他最後說「我聽此言罷，冤憤如相焚」，「昔聞舉一會，群盜為之奔」，他說我聽說晉朝舉了一個叫會的人，實行嚴刑峻法，那些不法之人都逃跑。「又聞理與亂，系人不系天」，我也聽說一個國家安定還是紊亂主要在人不是在天。「我願為此事，君前剖心肝」，他說我願意為國家這樣的災苦告訴皇帝，「叩頭出鮮血，滂沱污紫宸」，我願意在皇帝的玉殿前叩頭，頭流出鮮血來。我雖然願意做，可是我李商隱一個平民老百姓，沒有一官半職的有什麼機會見

（右圖）唐代騎兵俑。李商隱所處的唐代，戰亂頻仍，許多官差並未善盡保護人民的責任，而是藉著職責之便對百姓大肆搜刮。

© CORBIS

到皇帝？所以「九重黯已隔，涕泗空沾唇」，君門九重，哪裏是這麼容易見到的？所以隔得很遙遠，我滂沱的涕淚從眼睛流到嘴唇。他說現在的朝廷是「使典作尚書，廝養為將軍」，沒有道德、沒有修養、沒有能力的都做了將軍。但是「慎勿道此言，此言未忍聞」，這個話我們千萬不要傳出去，這個話不能讓人聽見。但是天下有不傳出去的東西嗎？

恩主與岳丈之間的矛盾

李商隱寫了《行次西郊作一百韻》，第二年他又去考試。唐朝的考試分幾個階段，你先要考試通過了初試就是進士，你考了進士有了身分，要參加一個分科的考試。分科考試時，李商隱就考了「博學宏詞」，因為他自己的文學很好，就去考文官的考試。據李商隱記載博學宏詞考試有很多考官，有兩個考官把李商隱錄取了，把錄取名單報到中央那裏，但是在中書省裏最有地位的人說「此人不堪」，此人不能用，所以把李商隱的名字抹掉了。我以為這就是在李商隱寫《行次西郊作一百韻》的第二年，這首詩傳出去了，李商隱把這些當官的罵得狗血淋頭，所以當然也就沒有被錄取。總而言之李商隱平生總是不幸，偶然考中了進士，博學宏詞又沒考上，後來他又考了一科叫「書判拔萃」，他考上了，後來就被派到了弘農縣做縣尉的官。我們這就要看李商隱的詩《任弘農尉獻州刺史乞假歸京》。尉官只是縣令手下供驅使的小官，沒有職權，所以李商隱做弘農縣尉時就寫一首詩獻給州刺史，要乞假歸京：

> 黃昏封印點刑徒，愧負荊山入座隅。
> 卻羨卞和雙刖足，一生無復沒階趨。

縣大老爺要審案子了，他是管把犯人帶上來，帶上來縣大老爺就在那裏審案，等到黃昏了，就叫李商隱點點名把犯人

（右圖）唐代以金銀雙線編織的絹絲。一般印象中唐代盛世國富民強，但李商隱正好遇見百姓深受流離之苦的動盪之世。

TOP PHOTO

唐代地方行政為州、縣兩級制。唐初在重要的州鎮，設有大總管或總管主掌軍事，後改稱大都督或都督，都督的職掌只管數州或數十州的軍事，不管民政，邊防地區的都督往往加有「使持節」的名號，有權專殺二千石以下的官吏。因都督加使持節，故漸漸形成「節度使」這個名稱。唐睿宗景雲二年（711）開始正式設置節度使，玄宗天寶時，沿邊地區共設有十個節度使，安史亂後連內地也設置節度使，每個節度使可控制若干州的軍事，節度使往往也兼管轄區內的民政、財賦、司法、監察等事務。

帶回去。「愧負荊山入座隅」，他說我真是慚愧。荊山是和後邊的卞和聯繫的。傳說古代楚國有一座山叫做荊山，荊山出產美玉，卞和是識玉的人。卞和識得荊山的一塊美玉，就把這塊玉獻給楚王，說這是天下最寶貴的玉石。楚王找一個鑑定的人來看，那個人就說卞和在騙你啊，這個不是玉石，這是石頭。楚王大怒，說你小小的卞和怎麼可以欺騙我這國君？就把他右腿砍下來。楚王死去，第二個楚王又繼位了。這個卞和真的覺得這是一塊寶玉，你要知道這就是後來用作傳國玉璽的那塊寶玉。他就獻給第二個楚王，第二個楚王又請鑑定玉石的人來看，這個人又說明明是石頭，卞和又來欺君罔上，於是把他左腿也砍了。最後證明，這真是一塊千古最貴重最純淨的玉石，後來被做成歷代的傳國玉璽。他說「愧負荊山入座隅」，我有如荊山上的寶玉，卻在你這個貪官座下聽你驅使，你應該放出去的卻把他關起來了，你貪贓枉法，判得都不公平。所以我現在反而羨慕卞和把兩條腿都砍斷，「一生無復沒階趨」，沒有腿供你奔走了。我在台階底下，你說讓我把犯人帶上來就帶上來，說帶下去就帶下去，說推出去斬首就斬首，沒有做主張的資格，只能在階下跑來跑去給你驅使，所以「卻羨卞和雙刖足，一生無復沒階趨」。

因此我們從《行次西郊作一百韻》、《任弘農尉獻州刺史乞假歸京》可以看到，李商隱不是只寫朦朧詩，也不是都寫詩謎，他也有這樣激昂慷慨的詩篇。李商隱很妙，像《行次西郊作一百韻》指斥國家的這些缺失，他就大膽地指斥了，對於縣官判獄的不公平不滿意他也說了，李商隱不是沒有勇氣，李

（下圖）唐李景由墓出土金鈿。唐代女子流行將花鈿貼於釵上，或是貼於梳背，有時更插於兩鬢，可見當時裝扮之華麗。

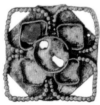
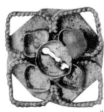
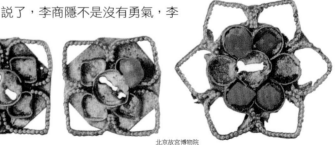

北京故宮博物院

商隱敢說啊，李商隱也為敢說付出了代價，人家中書省不錄取他。可是為什麼李商隱留下了那麼多不敢說的像謎語一樣的詩呢？因為對國家的腐敗對官員的貪贓枉法還敢說，但是對於跟你有親密關係跟你有密切感情的人，你不能說，也不忍說。而什麼事情是不能說也不忍說的呢？剛才我們講他得到令狐楚的欣賞，考中進士也是因為令狐綯讚美他。就在這個時候，涇原節度使王茂元欣賞他要把女兒嫁給他，你說他娶還是不娶？李商隱很小的時候父親死了，後來考了四次才考中了進士，現在王茂元要把女兒嫁給他，與當初令狐楚欣賞他，把兒子介紹給他，這都是人之常情，所以李商隱沒有仔細地考慮，就接受了王茂元的聘請，到他的幕府，而且跟王茂元的女兒結了婚。可是古今的黨爭是非常不理性的，唐朝有牛黨跟李黨，令狐楚是屬於牛黨的，而王茂元是屬於李黨的。我想李商隱當時很年輕，他正在落魄潦倒，有人欣賞他，他就接受了，而且聽說王茂元的女兒也很美麗。可是從此以後李商隱就掉在牛、李兩黨之間。而這個感情對李商隱來說是難以說出的。

令狐楚、令狐綯兩代是培養他的恩主，他能夠說什麼話呢？王茂元也以為他跟自己女兒結婚，怎麼還能跟令狐家有來往？一個是兩代恩主，一個是翁婿之情，這都是不能說的事情。中國古代是非常嚴格的。有人曾議論女作家徐燦，說她的一些詩詞是在譏諷她先生娶妾。這是一個誤會。如果把徐燦跟她先生的詩詞對比一下，就知道是徐燦給她先生納妾的。所以如果不明白古代真正的情形，就誤以為會像現在兩個女人勢不兩立那樣，認為徐燦的作品有妒諷之意，其實不然。古人很多關係都是非常微妙錯綜的。我是說很多事情是非常微妙，是不可以說的，所以徐燦就算

徐燦（1628？-1681？），江蘇吳縣（今蘇州）人，生卒年不詳，明末清初有名的女詞人。她生活在一個激烈變動的時代，時感國破家亡的痛苦，又經歷過起落不定的家庭際遇和感情生活，後來丈夫的死去，使其晚年更感孤寂，因此詞中常常滲透著淒惋的情緒，伴隨著深隱的詞意和悲哀詞心，被視為南宋以來，唯一可比美李清照的女性詞人，也是清代開拓詞風的關鍵人物。著有《拙政園詩集》和《拙政園詩餘》。

北京故宮博物院

（上圖）唐金鄉縣主墓出土的金鈿。

唐代的音一般稱為「中古音」，所謂「中古音」指的是唐宋時期的語音，由於當時沒有錄音設備，我們現在對於中古音的認識，主要依賴《切韻》和《廣韻》兩部韻書關於字音的記錄。中古音與現代語音的不同大略有幾個方面：一、中古全濁聲母到了現代語音一律清化。二、韻母越來越簡化，從中古音到現代語音，總數少了近三分之二，許多韻尾相同、韻腹相近的韻母都合併成一個韻母。三、現代語音中的四聲是直接從中古四聲演變而來，中古音的聲調有平、上、去、入四聲，演變到現代音，去聲字沒有改變，中古的平聲字分化為陰平和陽平兩種，中古的上聲字變成上聲和去聲兩類，中古音有入聲字，現代語音則已經消失了入聲字，原有的入聲字則分到平、上、去三聲之中。

是對先生不滿意，也不會寫到詩詞裏，這個是要分辨清楚的一點。尤其是家庭之間，家人父子之間，在中國古代「父為子隱，子為父隱，直在其中矣」，不可以對你的岳父，你的老師，你的恩主隨便說不好，所以他有很多不可以說的話。何況李商隱這個人應該也是很多情很浪漫，他以前曾經到山中學道，有很多女道士，他跟女道士也都有交遊。所以李商隱那些無題詩，那些纏綿悱惻的詩歌究竟是隱託有什麼樣的寓意呢，還是純粹的愛情詩呢？我們現在就看李商隱所謂詩謎的這些詩。

深受杜甫影響

我一向以為，我們要考證這裏面有沒有本事，當然人都是好奇的，人都是喜歡追根究柢，這種考證也不是錯誤，但是考證與詩的好壞沒有關係。詩不是因為寫這個題目才好，是因為你寫得好才好，你說按照作品的目的判斷它的好壞，這是一個錯誤。也就是西方說的 "intentional fallacy"。詩不在於它的目的，而在於它本身是不是一首好詩。所以我們現在先撇開它的本事不說，看看它真的要寫的是什麼。

先看《海上》：

> 石橋東望海連天，徐福空來不得仙。
>
> 直遣麻姑與搔背，可能留命待桑田。

大家注意，現在寫舊詩，因為北方普通話沒有入聲，所以你儘管寫現在的普通話的詩，按你現在的平仄來用。可是如果你讀的是古人的詩，你要按照他的平仄來讀，不能按照你現在習慣讀的普通話的平仄來讀，因為韻律、聲調是詩歌生命的一部分，你不能破壞它的生命，聲律之美是它美感的一個因素，你不能破壞它的美感。所以大家聽我念起來有些字念得很奇怪，但是我覺得這樣念才對得起原來作詩的人。

（右圖）帶寶子的蓮花鵲尾燈。
河北宣化下八里遼金墓壁畫，畫中菩薩手持蓮花鵲尾燈。帶有寶子的燈最早發現於敦煌壁畫中，此種燈的樣式可能是隋唐時期即有。

北京故宮博物院

杜甫（712-770），字子美，號少陵，祖籍為湖北襄陽，生於唐玄宗先天元年，卒於代宗大曆五年，年五十九歲。杜甫生於唐代由盛轉衰的關鍵時代，遭逢安史之亂的大變局，社會長期處於戰爭與混亂之中。杜甫的思想充滿儒家積極救世的熱情，一生雖始終處於顛沛流離的貧困生活，卻以細密的觀察力和豐富的同情心，在作品裏表現出強烈的寫實主義風格，將自身的悲歡離合與社會的動盪不安交織在詩歌創作之中，所作的詩深刻反映了唐代社會的盛衰變化，因而有「詩史」之稱。

（右圖）清 任薰《麻姑獻壽圖》
麻姑本為古代修行的女道士，而後得到成仙。「滄海桑田」這句成語的典故便是麻姑在接待王方平之間，「見東海三為桑田」。

這首詩有幾種不同的說法，一個是恰好唐朝的皇帝唐武宗是信奉神仙的，所以有人認為這首詩是諷刺唐武宗求神仙的。因為天下哪裏有神仙？所以就諷刺他。凡是人間做皇帝做得高興的就想長久地做下去，所以就想求得長生不老，秦始皇是如此，漢武帝是如此，唐武宗也是如此，但是天下哪裏有這樣的事情？海上是求神仙的地方，據說秦始皇派徐福帶五百童男童女到海上找仙山。「石橋東望海連天」，有一個入海的石橋，你現在站在石橋上向東望，東面是大海，望不到陸地，是天連海海連天。大海上果然有神山嗎？神山上果然有神仙嗎？神仙果然能長生不死嗎？「徐福空來不得仙」，當年秦始皇派徐福白白地來沒有找到神仙。

「直遣麻姑與搔背，可能留命待桑田」，李商隱這裏有幾個轉折，我們先不要說你不得仙，不得仙是正常的。直遣，直是簡直就算是，就算是你能夠使得麻姑給你抓背。這是鑑於中國古代的一個小說故事。說一個人跟朋友到遙遠地方去，看到一個女子，他說這女子就是麻姑了。這個俗人一看麻姑的指甲很長，他心裏就動了一個不敬的念頭，他想我背癢了，如果她給我抓抓背一定很舒服。他這麼一想神仙就知道了。她說你怎麼對我不恭敬呢？你不相信我是神仙？麻姑說你剛才站在這裏跟我動念頭的時候，東海上已經有三次滄海變為桑田，桑田變為滄海了。古人說「滄桑之變」，經過地的大震動，把一個湖水填沒或者一個湖水忽然從地上出來了，高山為谷，深谷為陵。麻姑說你剛才站在這裏跟我動念頭的時候，東海上已經有三次滄海變為桑田，桑田變為滄海了。你算是幸運的，你不但聽說了神仙而且見到了神仙，你讓神仙給你抓背，就算你真的讓神仙給你抓背了，你就可以長生不死了嗎？

剛才我們說李商隱當他幾次考試沒有考上的時候，曾經被一個兗海觀察使崔戎帶到兗海，可是剛剛到兗海，崔戎就得病死了，李商隱白白地遇到崔戎，最後還是落空。所以他說

TOP PHOTO

中國古詩沒有標題的情況頗多，如《詩經》諸篇最初即沒有標題，然而以「無題」為名而大量創作的詩，則是唐代李商隱首創。現存李商隱的詩中，以「無題」為名的有十七首，這些無題詩除少數外，內容大都屬於愛情詩的範疇。此外，李商隱的詩中，不少是取首二字或篇中任二字為題，實際上就內容而言，多半也可歸類為無題詩的作品。這些無題詩是以愛情生活為原則，融入全部的人生經驗，用來感傷身世為主題的作品。李商隱的無題詩對後世影響很大，歷代皆有喜愛和模仿者。

（右圖）清 康濤《華清出浴圖》
圖中貴妃神態慵懶，身披羅紗，兩位宮女跟隨其後，顯現出浴後的閒適。畫雖與李商隱無關，但其中豔麗之感卻與李商隱詩風相合。

就算我見到麻姑也不能保證活下去。這是非常寫實的一件事情，現在講到另外一點就是李商隱的表現手法。同樣一個故事，同樣一個感情，你要把你所遭遇的事件、感情怎麼樣傳達敘說出來。李商隱真是曲折醞釀，「石橋東望海連天，徐福空來不得仙。直遣麻姑與搔背，可能留命待桑田。」他是先說茫茫一片海，什麼也沒有，然後他說直遣麻姑，他說突然就有了，但是又沒有了。用「直遣」和「可能」等語氣幾經轉折都是用神話來寫的。這是李商隱寫詩的一個方式。

我們再來看李商隱另外一首詩《昨夜》：

不辭鶗鴂妒年芳，但惜流塵暗燭房。
昨夜西池涼露滿，桂花吹斷月中香。

李商隱有的詩無題，有的時候有個題目，這首詩的題目就是用詩中的兩個字，其實是相當於無題的。我們不敢說他是有題還是無題，我們是看李商隱能感知的心靈是如何，李商隱能寫之的藝術手法又是如何。「不辭鶗鴂妒年芳」，鶗鴂是一種鳥，《楚辭》裏屈原說：「恐鶗鴂之先鳴兮，使夫百草為之不芳」，我們擔心春天百鳥都沒叫的時候鶗鴂就叫了，鶗鴂如果一叫，百花就零落了，春天就要走了。可是現在李商隱卻反過去說，就算鶗鴂鳥嫉妒一年的芳華，一叫就使得萬紫千紅都零落了，我不辭，我不逃避不推辭，就算我年命短暫，就算百花零落，我不害怕不恐懼。本來人就沒有成為神仙的，本來人就沒有不死之說，人都是要死的，不過有長短的區別，但是我不辭。這是李商隱，他總是深入幾層。他不直接說人生短暫，而是說鶗鴂鳥嫉妒一年的芳華，鶗鴂一叫一年的芳華就流走了，他對於這種芳華的零落，對於這麼早就鶗鴂鳥叫了，不推辭、不逃避。

可惜的是這個蠟燭的燭芯本來應該是光明的，卻被塵土遮掩了，好像要滅掉了，不再明亮了。「但惜流塵暗燭房」，

TOP PHOTO

我最可惜的就是蠟燭還在，燭火還在燃燒，為什麼讓塵土遮蔽了，你就再也看不見燭光了，這才是悲哀的。人都是要死的，人生都是短暫的，但為什麼就是這點光明不能讓人看到呢？「昨夜西池涼露滿，桂花吹斷月中香」，昨天晚上我一個人守候在西池，而當夜深這麼寒冷的時候，滿池荷花荷葉上都是露水，在這樣淒涼的景象中，我抬頭望著天上的明月，傳說月亮裏面有一棵桂花樹，桂花樹應該是有香氣的，我所盼望的就是聞到那月光之中的香氣，可是就在「昨夜西池涼露滿」的時候，「桂花吹斷月中香」，桂花不是風沒有辦法吹斷，桂花有香氣，所以吹斷的是桂花香。所以是在昨夜「西池涼露滿」的時候，月中的桂花香被風吹斷了。這就是說不但我內心的光明你看不到，我跟你之間的消息完全隔絕，連桂花的香氣都吹斷了。而且這種句法：桂花是不能吹的，你說桂花吹斷，是吹斷月中桂花香。

很多人都說李商隱跟杜甫看起來迥然不同。李商隱是纏綿悱惻的，有很多詩的情意都非常長遠不能隔斷，不能捨棄，一直不能夠自已的，以為李商隱所寫的都是愛情詩。那杜甫呢？杜甫是「致君堯舜上，再使風俗淳」，都是忠愛的。可是如果以詩學來說，杜甫以後學杜甫學得最好的就是李商隱，李商隱學杜甫有幾種不同的方式：一種方式，就是表面

（右圖）唐三彩劃花孩兒枕。李商隱詩中曾有「宓妃留枕魏王才」的詩句。

國立歷史博物館

學得很像,比如《行次西郊作一百韻》,那是完全模仿杜甫寫人民的疾苦,這是正面學杜甫。另外一面,就是李商隱學到了杜甫藝術性的句法,就像這句「桂花吹斷月中香」,這是杜甫的句法。

杜甫的《秋興八首》最後一首有「昆吾御宿自逶迤,紫閣峰陰入渼陂」,下面兩句就是:「香稻啄餘鸚鵡粒,碧梧棲老鳳凰枝」。香稻是稻穀,沒有嘴當然不能啄;「鸚鵡粒」,鸚鵡是隻鳥,沒有結成什麼米粒。所以胡適之先生就說杜甫的《秋興八首》不通。「碧梧棲老鳳凰枝」,這也不通,碧梧是樹,樹沒有腳,怎麼能棲呢?鳳凰是鳥,也沒有樹枝。所以他說這個杜甫肯定是不通。那麼倒過來說就對了,把鸚鵡倒過去,鸚鵡啄餘香稻粒,把鳳凰倒過去,鳳凰棲老碧梧枝,就通了。但是杜甫為什麼要顛倒著寫呢?詩人要顛倒去說不是無所謂的。「鸚鵡啄餘香稻粒,鳳凰棲老碧梧枝」,這是現實的。但杜甫的目的不在寫一個現實的鸚鵡吃香稻,他是要寫唐朝的盛世,香稻的美好。在唐朝渼陂那裏種了很多最好的稻米,香稻如此之多、如此之美,鸚鵡吃不了那麼多。

再看這首詩,「桂花吹斷月中香」,是桂花在月中的香被吹斷了。像這種顛倒的句法就使得詩更濃縮,感情更密集,這是李商隱學杜甫的另一方面。除了內容形式表現忠愛、關心老百姓的一面,他的表現方法,句法、句式也是學杜甫的。

難解的燕台四首

現在我們來看看《燕台四首》。在李商隱的詩裏,有些我們以為他確實是寫愛情的,比如說《無題》:

昨夜星辰昨夜風,畫樓西畔桂堂東。

身無彩鳳雙飛翼,心有靈犀一點通。

隔座送鈎春酒暖,分曹射覆蠟燈紅。

嗟余聽鼓應官去,走馬蘭台類轉蓬。

釋道源（1586-1657），明末清初的僧人，平日禪誦之餘，也喜涉獵外典，酷愛李商隱詩，故採集諸書為其作注解。李商隱詩舊有劉克、張文亮二家注，後皆不傳，因此釋道源算是始為作注者，王士禛《論詩絕句》所言「獺祭曾驚博奧彈，一篇錦瑟解人難，千秋毛鄭功臣在，尚有彌天釋道安」，即是指道源的注。

「身無彩鳳雙飛翼，心有靈犀一點通」，這是寫愛情的，但是很多寫愛情的不見得是寫愛情的。比如說：

颯颯東風細雨來，芙蓉塘外有輕雷。
金蟾齧鎖燒香入，玉虎牽絲汲井回。
賈氏窺簾韓掾少，宓妃留枕魏王才。
春心莫共花爭發，一寸相思一寸灰。

「颯颯」是風聲，從哪裏吹來的風？以中國的地理位置，溫暖的春風是從東方吹來的風。「芙蓉塘外有輕雷」，芙蓉是種的荷花，種著荷花的池塘外邊有隱隱的雷聲。這兩句寫的是春天的到來，是春心的驚醒，是東風細雨，細雨是滋生萬物的，所以是把春天帶來的；芙蓉塘外有輕輕的雷聲，雷聲把伏藏在地下的昆蟲驚醒了。當你被驚醒的時候，當春天來的時候，大自然是颯颯東風細雨來，那麼人呢？是「金蟾齧鎖燒香入」。這是李商隱，文字非常的密集。

當東風細雨來的時候，當塘外有輕雷的時候，女子在室內要燒香，燒香是很簡單的事，但是李商隱怎麼說燒香？它是有一個金的香爐，香爐做成金蟾的形狀，這個金蟾香爐還有一個蓋子可以打開，可以蓋起來還可以鎖住。你燒的這個香要放在金蟾形狀的香爐裏面，你要把它放進去然後再把香蓋蓋上，這是我們現實的解說。按照詩來說，你看他的用字，「金蟾」，貴重嚴密，鎖本來是很嚴密的，齧是咬住，入是燒到內中深處。香是芬芳的，燒是熱的。李商隱的詩效果是非常密集的。李商隱是用形象告訴我們，他說當東風細雨來的時候，女子燒香要把芬芳的香點得最熱烈，放在金的香爐而且秘密地鎖住。女孩子要打水，要汲井，是「玉虎牽絲汲井回」。玉虎是什麼，取井水都要有一個轆轤，轉著牽引著繩子來取水。如果是貴族的家庭，轆轤的裝飾也很精美，上面就雕刻了一個玉虎，轆轤一圈圈地牽引著繩子把井底的水打起來。

TOP PHOTO

（上圖）古村中的轆轤井。轆轤是安裝在井上用來絞起汲水工具的器具。鄉村中的轆轤非常普通，但若是大戶人家的水井，卻會在轆轤上雕有裝飾。

古人説「妾心古井水，波瀾誓不起」，但李商隱卻相反，他説我用那麼珍貴的裝飾有玉虎的轆轤，我牽了那麼綿長的絲線，我要把井底的水打上來，把我熱烈芬芳的感情珍惜在裏面。這説的是什麼？是愛情。什麼樣的愛情？「賈氏窺簾韓掾少」，説晉朝的時候有一個姓賈的小姐，偷偷在簾子後面看到她父親有一個手下姓韓的年輕官員很漂亮，就生了愛意。這是女子看到有才色的男子而動情。「宓妃留枕魏王才」，「宓妃留枕」的傳説《昭明文選》注上有，宓妃是甄宓，本來是袁紹的兒媳婦，後來曹操打敗袁紹把她掠奪回來，後來嫁給曹丕了。據説曹植跟她有情，宓妃死了以後，曹丕就把她的一個玉縷金帶的枕頭留給曹植，這是傳説，不見得可信。所以前面説的都是動情，從東風之來，輕雷的響起，從內心的芬芳熱烈，我的感情的纏綿悱惻，既然是這樣動情了，就要投注，投注就如賈氏找到韓掾，宓妃找到魏王。但他又説「春心莫共花爭發」，你這多情之心不要跟著春天引出這個多情，因為天下沒有一個多情是真的得到美好圓滿的結果，「一寸相思一寸灰」，因為每一寸相思最後都變成一寸灰。他説的是現實的感情還是超現實的感情，總而言之你的感情曾經被撩動，當東風細雨來，當塘外有輕雷的時候，而且你也曾經有「金蟾齧鎖」、「玉虎牽絲」，這麼纏綿悱惻的時候，李商隱説你不要，你千萬不要，因為「一寸相思一寸灰」。這是李商隱，你説他是寫愛情，也可以；你説他是寓託，也可以。

現在我們再回來看《燕台四首》的《春》。很多年前我曾經寫過一篇論《燕台四首》的文稿，文章的開頭我寫過幾句話：我們怎麼樣解讀迷人的詩謎──李商隱詩。第一我們要證明李商隱的詩果然是迷人的，儘管我們不懂它，但是它吸引我們，我們再把《燕台四首》的第一首《春》先念一下，就知道它為什麼吸引我們。

風光冉冉東西陌，幾日嬌魂尋不得。

北京故宮博物院

（上圖）《維摩演教圖》中所繪的獅子香爐。

唐代社會比起宋代以後，浪漫風氣頗盛，男女間的界限較為淡薄，兩性可自由社交和戀愛。唐代士人若沉醉於酒色，會被視為風流美談，「狎妓」、「蓄妓」、「攜妓」並未被認為不道德，反而是風雅之事，士人與妓女之間的交往成為感情生活的一個重要部分。唐代的妓女可分成公妓、私妓和家妓三類，其中以私妓與士人的交往最為密切。私妓多集中在長安、成都、揚州等大都市，其中不乏知書能言、多才多藝者，常與士人有詩歌相唱答往返。以長安為例，當時赴京參加考試的舉子或者新及第的進士，都熱中到私妓集中地平康里狎妓，因而留下許多描寫妓女的詩歌。還有一些女道士（女冠），雖以修道為名，實際上卻是變相的私妓，也多與士人社交來往，相互詩歌酬贈，唐詩中就有不少是吟詠女道士的。另外，長安還有許多賣酒的胡姬，雖非妓女，但卻類似酒女，詠胡姬的詩也留下不少。

蜜房羽客類芳心，冶葉倡條遍相識。
暖靄輝遲桃樹西，高鬟立共桃鬟齊。
雄龍雌鳳杳何許，絮亂絲繁天亦迷。
醉起微陽若初曙，映簾夢斷聞殘語。
愁將鐵網罥珊瑚，海闊天翻迷處所。
衣帶無情有寬窄，春煙自碧秋霜白。
研丹擘石天不知，願得天牢鎖冤魄。
夾羅委篋單綃起，香肌冷襯琤琤佩。
今日東風自不勝，化作幽光入西海。

我們只念這一首詩，其實四首都是非常美麗、非常香豔，很吸引人，但是你不知道他說的是什麼。其實不管《燕臺》也好，《錦瑟》也好，歷來的講者、注解者都非常多，我們先引兩首前人評李商隱的詩，一個是前面提到的元好問的《論詩絕句》：

望帝春心託杜鵑，佳人錦瑟怨華年。
詩家總愛西崑好，獨恨無人作鄭箋。

還有清朝王士禎的《戲仿元遺山論詩絕句》：

獺祭曾驚博奧殫，一篇《錦瑟》解人難。
千秋毛鄭功臣在，尚有彌天釋道安。

王士禎所謂「釋道安」是用《世說》的典故暗指明代末年的一個老和尚叫釋道源，以前據說注解過李商隱的詩，所以可見李商隱的詩很迷人，連僧人都替他做了注解。總而言之，李商隱的詩像謎語一樣很難解的。可是它的美是很吸引人的。《燕臺》四首它到底寫的是什麼呢？不管是《燕臺》也好，不管是《錦瑟》也好，你到網上一查就是幾十幾百種

不同的説法，所以我在多年前曾經寫了論《燕台四首》的文稿。我是知其不可而為之，這是不可説的詩。我記得有一次我要講《燕台》，一個朋友説你的老師説《燕台》不可説，你怎麼破壞你老師的家法？我的老師顧隨先生是説《燕台》這首詩是不能説。可我要講怎麼辦？我説莊子曾經説過，「得魚而忘筌，得意而忘言」。筌是竹簍，你抓到魚就把竹簍扔了，你讀書是要明白它的意思，意思明白了，語言也就不重要了。陶淵明也説「好讀書不求甚解」。我説我這個人就很喜歡這樣的讀書態度，碰到我讀懂的我就讀，讀不懂的我就放過去，所以我説我天性疏懶，喜歡自得其樂。可是有些時候我們不得不做一個網做一個筌，我們既然做不成網也做不

（上圖）唐代襦裙、半臂穿戴，半臂這種服裝樣式早在初唐已出現。

（下圖）中晚唐女服，又稱「鈿釵禮衣」。

TOP PHOTO

TOP PHOTO

47

所謂「祓」（音ㄈㄨˊ）指的
是古代一種除災祈福的儀式。
古代民俗中，於三月上旬的巳
日於水濱洗濯，以祓除不祥，
清去宿垢，除災求福，就稱
為「禊」（音ㄒㄧˋ）。漢代
以來每年三月巳日官民會到水
邊洗濯祓禊，自三國曹魏之
後，禊的日期不在上巳，而是
固定在三月三日。王羲之有名
的《蘭亭集序》即提到「永和
九年，歲在癸丑，暮春之初，
會於會稽山之蘭亭，修禊事
也」。「祓禊」在唐代指的是
上巳節，是三令節之一，日期
仍在三月三日，當天人們雖已
不再到水濱洗去俗垢，除災求
福，但仍沿用了「祓禊」一
詞。唐代的上巳節由官府撥
專款，讓百官擇地玩賞為樂。
每逢上巳日，長安城內的人會
出城到曲江邊遊玩，全城沸
騰，熱鬧非凡。在其他地方，
上巳修禊也普遍進行，反映出
唐人對於上巳節的重視。

北京故宮博物院

成筌，也抓不到魚，怎麼辦呢？我說我有一個辦法，就是你自
己親自跳到水裏，自己去抓一抓這個魚，我不用竹簍，我去抓
魚。這個魚我沒抓著，但是我有一種感覺，我感覺到魚的身體
從我手指中間滑過去，我沒有抓住它，但是我有一個非常真切
的、親切的感覺，這個魚是從我的手指中間滑過去的。所以我
說我的《燕台四首》就是要體會一下這樣的感覺。

但是我個人呢，雖然像莊子所說的「得魚而忘筌，得意而
忘言」，但我總不能一點也不考證，所以考證了一下，引了
其他各種各樣的說法。何焯說：「四首實奇絕之作，何減昌
谷？」昌谷是李賀，其實李賀是根本不能和李商隱相提並論
的。李賀是個年輕人，有很敏銳的感覺，有很新奇的想像，
但是在人生的閱歷，在感情的深度上，李賀差李商隱千萬
里之遠。我今天不講《夏》、《秋》、《冬》。但是我有一本
書——《迦陵論詩叢稿》，這本書裏把這四首都講了。

錢良擇說：「語豔意深，人所曉也。以句求之，十得
八九，以篇求之，終難了然。」你單獨看一句你懂了，但一
整篇看你反而不懂了。這是李商隱的一個特色。現在我們來
試一試看《燕台四首》。

《燕台四首》是分成春夏秋冬四首來寫的。我們現在只看
《燕台四首》的第一章。那麼《燕台》究竟說些什麼？前人
有不同的說法，有人說古人用「燕台」代表使府，節度使的
幕府叫做燕台，他們認為這是愛情的詩，說一定是李商隱跟
使府後房的姬妾有一段戀愛的故事。

第二種說他可能是在學仙玉陽的時候所寫的，他所愛的
這個女子是一個道士。這個女道士被人娶走了，所以詩中多
引仙女故事。總之，有多種說法。另外還有跟《燕台》相關
的一個故事是柳枝。我們剛才說這是迷人的李商隱的詩謎。
第一個被李商隱的詩謎所迷的不是我們，是當時洛陽的一個
女子。李商隱寫了《柳枝五首》，我們說迷人的李商隱的詩
謎，柳枝也沒有完全懂，但是柳枝被他迷了。

據《柳枝》詩的序言説，柳枝是洛陽的一個女子，她父親很有錢喜歡做生意，但是父親做生意時遇風波在湖上淹死了。她母親很疼愛她，「生十七年，塗妝綰髻，未嘗竟，已復起去」，這個女子十七歲了還不會好好把頭髮梳整齊，她喜歡「吹葉嚼蕊，調絲擪管，作天海風濤之曲，幽憶怨斷之音」，所以鄰居以為她是斷斷嫁不出去的。有一天，李商隱的一個堂兄弟，下馬在柳枝住家的旁邊吟誦《燕台四首》的詩，柳枝聽到，就問：「誰人有此？誰人為是？」這兩句話問得真是好，真是看到這個女孩子動情之處。

誰人有此者，誰人有此情。什麼人能有這樣的感情？我們讀李商隱的詩真的不得不問是誰人有此情？誰人為是者，是什麼人能寫出這樣的詩篇？於是讓山就告訴她説，「此吾里中少年叔耳」。於是「柳枝手斷長帶」，打成一個結，請讓山約李商隱來相見。明日，李商隱就和讓山並排騎著馬到柳枝的門口，柳枝這天把頭髮梳得很整齊，「丫鬟畢妝，抱立扇下，風鄣一袖，指曰：『若叔是？』」説這是那個作詩的人嗎？説「後三日，鄰當去濺裙水上，以博山香待，與郎俱過」。説三天以後我們要有一個祓禊的節日，她説我要燒一爐博山香等著你來。可是，李商隱的朋友把他的行李偷走了，李商隱沒有辦法就跟朋友走了，所以他三天之後就跟柳枝失約了。等到冬天下了雪以後，他的堂兄弟讓山來見他，李商隱問起柳枝，他説柳枝已經被人娶走了。明年，讓山又回到中原來，然後他們相別，就把這個詩題到他們當初見面的地方。這段故事是最早記載被李商隱的詩謎迷惑的一個女子。

我們再來看《燕台四首》的第一首《春》。我們説能感知能寫之，不是説你寫的本事是什麼，而是你能感的心靈是什麼。不是説你寫的事情是什麼，不是説你寫的人物是什麼，而是你的心靈是什麼。是「誰能有此」，什麼人能有這樣的心靈。寫春天你怎麼寫，是萬紫千紅、花紅柳綠？李商隱寫的春

北京故宮博物院

（左圖）唐代花釵與釵首。從唐代流行的各種釵式來看，不難想像李商隱詩中「高鬟立共桃鬟齊」，仕女頭飾上那一片美麗的裝飾風尚。
（上圖）唐代鈿頭釵子。

唐 周昉《簪花仕女圖》（左半）
畫面描繪仕女們的閒適生活。她
們在庭院中遊玩，動作悠閒，有
人拈花、有人散步，有人與犬賞
玩，充分表達唐代貴族仕女生活
情景。
TOP PHOTO

唐 周昉《簪花仕女圖》（右半）
周昉出身官宦之家，擅畫人物，
畫作多半呈現富麗之氣。唐末畫
評家朱景玄曾說：「周昉之佛像、
真仙、人物、仕女等畫，皆屬神
品。」
TOP PHOTO

天是「颯颯東風細雨來」，是一種春天的來法；「風光冉冉東西陌」，是又一種來法。不說春光，說風光冉冉。風是會吹動的，光是會閃爍的，風光兩個字都帶著流動和閃爍。春天天上的流雲，樹上的微風，光影的閃動，「風光冉冉」。東邊的小路，西邊的小路，到處是春天，到處是冉冉的風光。

在這樣美麗的春天，我們剛才說如果是「颯颯東風細雨來，芙蓉塘外有輕雷」，女子就想起「賈氏窺簾韓掾少，宓妃留枕魏王才」。你不是要追尋一個人嗎？所以當風光冉冉東西陌的時候，他說我要找一個「嬌魂」。他不說找一個嬌人，而是一個「嬌魂」。有的人就是有形體都沒有靈魂，所以得看真正內在的最純真的那個本質。「風光冉冉東西陌，幾日嬌魂尋不得。」尋不得你就放棄了嗎？沒有，「蜜房羽客類芳心，冶葉倡條遍相識。」「蜜房羽客」是誰？就是隻蜜蜂。他說蜜蜂就像追求愛情的芳心，我如果不追尋則已，我要追尋起來，是一定要找到我所愛的那個嬌魂的，每一個葉子每一個枝條我都要找到。在我找尋的時候，我好像看見，「暖藹輝遲桃樹西，高鬟立共桃鬟齊」，就在那溫暖的光影遲遲地照在桃樹的西邊，光影在西邊就是黃昏，哎呀我好像看見我所要找的那個女子，「高鬟立共桃鬟齊」，就在那棵桃樹的旁邊有一個女子站在那裏，女子頭上的髮鬟跟桃花上的桃鬟同樣高。想到桃樹就像一個插著桃花的女子在那裏站著，這是李商隱的想像，是虛假的，不是一個真的女子，是朦朧之中好像看到「高鬟立共桃鬟齊」。

「雄龍雌鳳杳何許，絮亂絲繁天亦迷」，本來我們說龍鳳呈祥，龍鳳是應該成為配偶的，雄的是龍雌的是鳳，而雄龍雌鳳在哪裏呢？天下果然有一個美滿的可以尋到所愛的對偶嗎？可是「雄龍雌鳳杳何許」，根本找不到。「絮亂絲繁天亦迷」，在撩亂的柳絮之中，天若有情天亦老，連天都為此而癡迷，茫茫一片找不到你所愛的人。「醉起微陽若初曙，映簾夢斷聞殘語」，你喝酒喝得沉醉了，剛剛睡起來，窗上

（右圖）唐代銀香毬
唐代因與西域諸國往來發達，因此海外輸入的香料與焚香便成為貴族流行的時尚。當時貴族盛行以香料薰衣，並在袖中掛上香毬，甚至連沐浴都以香料入浴，可見焚香習俗之盛。

北京故宮博物院

有一點點的斜陽。他說這個斜陽若初曙，是一個喝醉的人，看到窗上有一點光影，本來應該是黃昏的斜陽，但他以為是天剛剛亮。「映簾夢斷聞殘語」，就是那個光影照在簾上，他在夢中都夢到那個女子。微光照在簾子上，我好像還聽到夢中我所愛的人跟我的談話。

「愁將鐵網罥珊瑚，海闊天翻迷處所」，我真的要把我所愛的人找到，就算她沉到海底我都要把她撈起來。我怎麼樣撈起來？你知道怎樣才能得到這個珊瑚？是你要織一片鐵網鋪在海底，珊瑚就從網的空隙之中穿網而出，所以這個珊瑚長在鐵網之中，用一個機器把這個鐵網絞上來，才能把珊瑚拔上來。所以我就希望有一個鐵網把珊瑚網住，然後把它取

上來。就算我有一個鐵網，就算我有力量把它取上來，可是李商隱寫得很悲哀，我是希望把嬌魂找到，但是一直沒有找到。但我一直好像聽見她，一直好像看見她。她就像是珊瑚沉在海底，我要像絞珊瑚的人把沉在海底的她找出來。但是我雖然要把鐵網投下去，「愁將鐵網罥珊瑚，海闊天寬迷處所」，我就算織成了一個鐵網，要把我的愛人網上來，但是茫茫的大海我知道我所愛的珊瑚在哪裏嗎？我知道要把鐵網投在哪裏嗎？

就在這種失落之中，在這種相思懷念之中，「衣帶無情有寬窄」。衣帶是最無情的，當你消瘦它就會告訴你，由窄變寬。「春煙自碧秋霜白」，你經過了春天，看過春天的春煙，你經過秋天，看過秋天的霜白，但是春煙和秋霜關心你嗎？它們自碧自白與你無關。「研丹擘石天不知，願得天牢鎖冤魄」，他說我好像是一塊丹砂，就算是可以研碎了，古人說「丹可研也，而不可奪赤」，丹可以研碎但是也不會改變它的紅色。「石可以破，而不可奪堅」，石頭可以分成兩面切斷，但是石頭的堅硬本質不會改變。他說我要追尋春天那一縷嬌魂，我要把我的丹砂都研碎，把石頭都鎚裂了，我這樣的追尋這樣的勤苦，上天都不知道。「願得天牢鎖冤魄」，我真是願意把我這滿懷冤愁的魂魄鎖在天牢之中。

「夾羅委篋單綃起，香肌冷襯琤琤佩」，等夏天來了夾的衣服就放在箱子裏，把單的、絲的、薄的衣服拿出來了，如果是一個女子穿上這樣輕柔的紗的衣服，配上那真正的佩環，應該還是很美麗的，可是我還沒有找到。現在春天已經走了，「今日東風自不勝，化作幽光入西海」，他說現在春天已經走了，今天的東風已經沒有力量了，沒有力量給我再一次的機會，沒有力量真的把那個嬌魂找到，那麼所有追尋的失落、悲傷、幽恨就變成幽暗的光，也是悲哀的光，因為是東風吹送來的，所以是向西海流逝去了。

（右圖）唐代仕女陶俑，現藏於西安陝西歷史博物館。

TOP PHOTO

宮女壁畫。唐代永泰公主墓出
土。
TOP PHOTO

懷才不遇的詩歌

　　現在我要說了，《燕台》寫的是什麼？是寫戀愛的故事嗎？是寫他跟使府的女子戀愛的故事嗎？都不是。因為當他這首詩寫好以後，他的堂兄弟曾經在洛中里巷吟誦這首詩，然後他的朋友把他的行李拿走了去考試。這是他考中科試以前，是年輕的時候寫的，沒有跟使府後房約會的事情。

　　那麼「燕台」是什麼？這是當年《戰國策》上寫的一段故事，說燕昭王築了一個高台，叫做「黃金之台」，用來招攬天下的賢士，所以你看李太白說「誰人更掃黃金台？行路難，歸去來」，所以黃金台是選拔人才招攬賢士的地方，又叫做燕台。而李商隱寫的時候，正是接連幾次考試都沒有考上的時候，所以我以為他所寫的是他內心之中，對於他的理想，對於他的才華，希望能夠有所投注的嚮往。天下有像燕昭王那樣的人嗎？我李商隱能夠有此遇合嗎？他要寫的是自己懷才不遇。

　　太和九年，李商隱春天的時候應試，那已經是他第三次考試沒有考上，而在那一年的十一月發生了甘露之變。什麼是甘露之變？我一開始就說了李商隱經歷了憲宗、穆宗、敬宗、文宗、武宗、宣宗六個朝代，國君的生殺廢立，連宰相的生殺廢立都是出自宦官的。所以李商隱有非常好的才華，卻陷落在那個腐敗墮落的晚唐政治圈套之中，而且他陷落在牛李的黨爭之中。人有幸有不幸。有的人生來就有很好的幸運，一帆風順；有的人生來就不幸，你看李商隱不但從小父親就死了，過那麼貧苦的生活，即使有人欣賞他也遇到很多波折。令狐楚欣賞他，他剛考過進士，令狐楚死了；王茂元欣賞，但他很快就陷入牛李黨爭之中，而且後來王茂元也死了；崔戎欣賞他，但崔戎很快第二年就死了；桂管觀察使鄭亞欣賞他，他到了桂州，然後鄭亞馬上就被貶了。他所有投奔的府主沒有一個能夠長久任用他的，所有欣賞他的人也沒有一個能夠長久維護他的。所以李商隱死後，他的一個朋友

（右圖）清 高鳳翰《自畫像》
此畫作於1727年，當時高鳳翰正處於人生的轉折期，他對仕途不熱衷，但對當時的社會現況也很不滿，應試作官可能是因為生活所需，因此這幅自畫像便是高鳳翰心境的寫照。畫家坐在陡崖峭壁間，望向險峻的山石與洶湧的江水，以此暗示人生與仕途的艱辛。高鳳翰的心境，正是中國歷代文人共同的抒發，對比李商隱一生，更令人感慨。

崔珏寫了一首詩，《哭李商隱》：

虛負凌雲萬丈才，一生襟抱未曾開。

鳥啼花落人何在，竹死桐枯鳳不來。

良馬足因無主蹑，舊交心為絕弦哀。

九泉莫歎三光隔，又送文星入夜台。

　　李商隱真是很有才華的一個人，但是他的一生真是挫折苦悶，而他又有非常獨特的表現方法。最後我可以介紹我的書《迦陵論詩叢稿》中，我將《燕台四首》整篇都講了。而且在文章的最後我還跑了一個野馬，我把李商隱跟猶太裔的捷克小說家弗蘭茲・卡夫卡（Franz Kafka）做了一個比較。我認為他們在心靈的最深處，在表達的某種方式上有相似之處，雖然他們的年代相隔千年之久，而且一個在中國，一個在捷克。　　　　　　　　　　　　　　　　　■

20

故事繪圖

燕台四首　春

阮筠庭

出生於中國浙江省杭州市，曾獲第三屆中國連環畫獎最佳彩色插畫獎、中日青少年漫畫交流展大獎，作品有《月夜的眼睛》、《LEAVE》、《二十四節氣的戀人》。

風光冉冉東西陌，幾日嬌魂尋不得。

蜜房羽客類芳心，冶葉倡條遍相識。

暖藹輝遲桃樹西，高鬟立共桃鬟齊。

雄龍雌鳳杳何許，絮亂絲繁天亦迷。

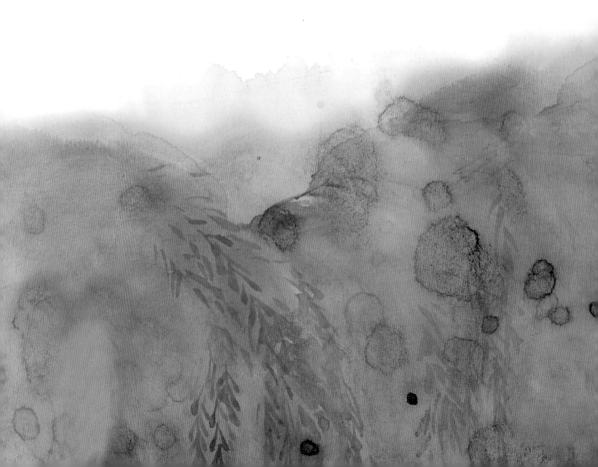

醉起微陽若初曙，映簾夢斷聞殘語。

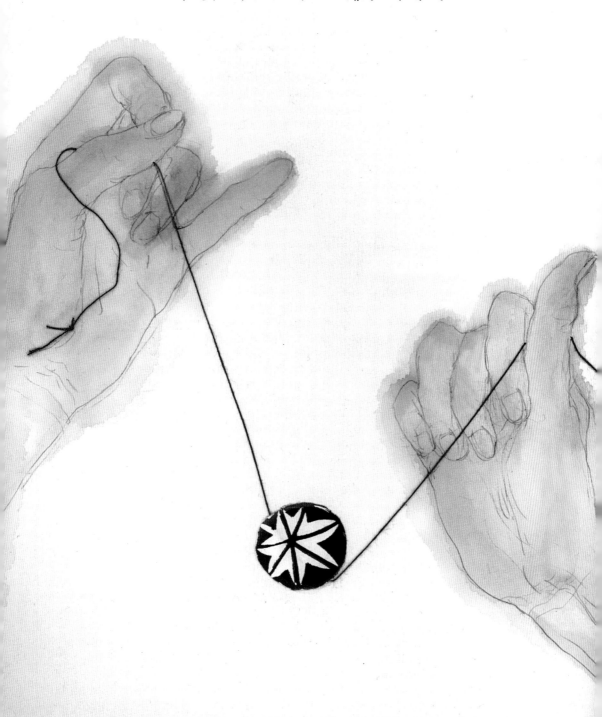

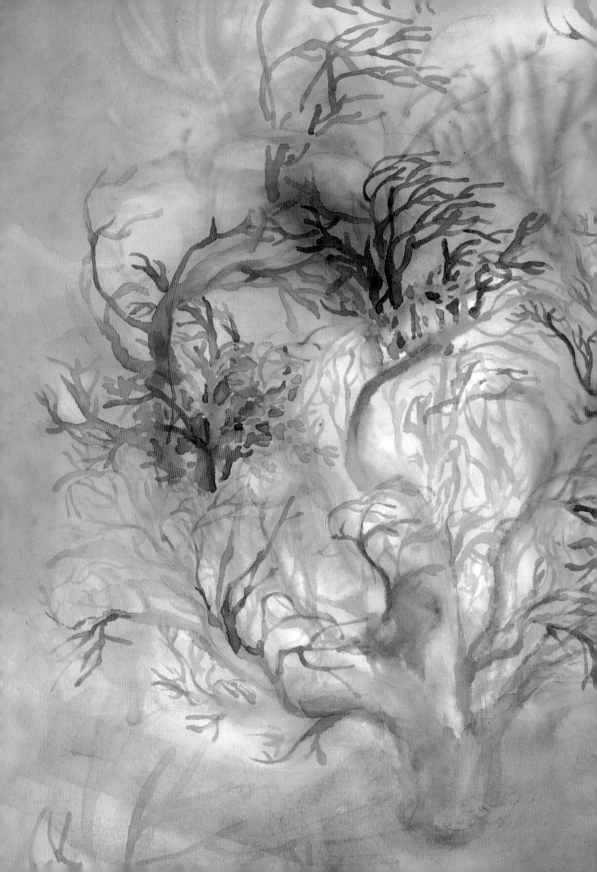

愁將鐵網胃珊瑚，海闊天翻迷處所。

衣帶無情有寬窄，春煙自碧秋霜白。

研丹擘石天不知，願得天牢鎖冤魄。

夾羅委篋單綃起，香肌冷襯琤琤佩。

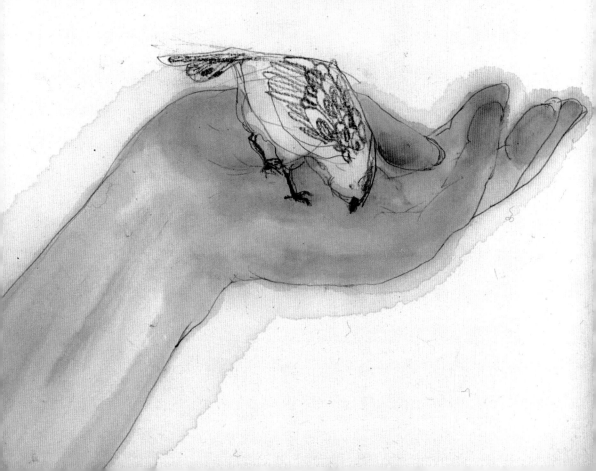

今日東風自不勝，化作幽光入西海。

原典選讀

滄海月明珠有淚　藍田日暖玉生煙

談李商隱詩的藝術魅力及其欣賞途徑

李商隱 原著

葉嘉瑩 解析

繁星璀璨的唐代詩空中，除了李白、杜甫之外，還有一顆放射著神異淒迷之光的明星，那就是李商隱。雖然他沒有李太白的飛揚不羈，也沒有杜少陵的博大深厚，但他所特有的那一片幽微窈眇、撲朔迷離的心靈之光，在參橫斗轉，月墜星殘的迢迢銀漢中，無疑也是一種前無古人的永恒！他的神奇絢爛如同「夜月一簾幽夢」，他的纏綿悱惻恰似「春風十里柔情」（秦觀詞句）。儘管千百年來，在對最能代表李商隱特色之詩篇的認識上，幾乎無一不存在著分歧；儘管古今評說者異口同聲地公認他的詩難懂、更難解；儘管你對他所寫的背景和用意一無所知，一無所懂，但你仍能被他感性上的直覺魅力所吸引，所打動，這就是李商隱詩的最大成功。我們不妨先以他的兩首小詩為例，來體味一下他留給你的直覺印象和感受。

唐 周昉《簪花仕女圖》(局部)
李商隱詩用典繁多且華美無比，尤其對於婦女形象及唐代物品著墨頗深，幽婉之中帶有迷人的美感。

TOP PHOTO

《丹丘》

青女丁寧結夜霜，羲和辛苦送朝陽。
丹丘萬里無消息，幾對梧桐憶鳳凰？

《瑤池》

瑤池阿母綺窗開，黃竹歌聲動地哀。
八駿日行三萬里，穆王何事不重來。

　　李商隱詩的題目有許多是取於本詩中的某兩個字，對這種題，你懂不懂都沒有關係。「丹丘」與「瑤池」都是神話中神仙的住處，它所象徵的是完美而崇高的理想境界。傳說「青女」是天上主霜的女神，「羲和」是管理太陽的男神。《丹丘》所寫的是：青女以叮嚀專注，無限深切的關愛之情，竭盡全部心力才凝結起那美麗晶瑩的霜花；羲和不辭艱辛勞苦，日復一日地駕著日車奔波往來於東西之間。這種不分晝夜，不分男女，千般叮嚀，萬般辛苦的對於美麗與光明的追求嚮往，其結果如何呢？不要說尋到神仙之地的丹丘，連丹丘的消息都沒能尋到。假如換了別人，沒有尋到，把它放棄就是了，可李商隱的無可奈何就在於他不肯放棄，他仍然還在「幾對梧桐憶鳳凰」。《莊子》上說，鳳凰非梧桐不棲，而梧桐樹也只有鳳凰才配讓它棲息，

因而鳳落梧桐便成了美滿遇合的象徵。而今梧桐雖在，鳳鳥卻不至，這豈不是天地間最大的缺憾！所以李商隱怎麼也不會甘心，既然青女、羲和付上了這樣的心力和體力，怎麼就沒有結果呢？既然有了梧桐，怎麼就沒有鳳凰呢？為此他要期待，他要無數次地面對梧桐，翹首企盼著鳳凰的到來……。

《瑤池》一詩用了周穆王求神仙的典故。《穆天子傳》載，周穆王想求長生，曾駕八駿去瑤池見西王母，途經黃竹時看到漫天大雪之中，遍地都是凍餓而死的人，他於是就作《黃竹歌》以哀之。李商隱襲用這個典故的本意，進而想到那位住在瑤池的西王母如果真像「阿母」一樣慈祥親切，關懷撫愛人間的生靈，那她一定會敞開通往人間的「綺窗」，那麼天下人間的苦難也一定會隨著「黃竹歌」傳入「綺窗」，感動她慈悲的心腸，喚起她深切的母愛。倘若真有這樣的瑤池，真有這樣一位神仙「阿母」，那麼憑周穆王那「日行三萬里」的八駿，肯定會到達瑤池，找到阿母，解救天下百姓脫離苦海的。可事實上周穆王卻為什麼沒有再來呢？

這兩首小詩使我們感到李商隱所追尋的理想境界確實是崇高而完美的：「丹丘」、「瑤池」，多麼崇高神奇！「鳳凰」、「綺窗」，多麼遙遠絢麗，然而這一切竟都是虛無飄渺的，如果真有「丹丘」和「鳳凰」，為何詩人終生都沒能尋到？而只能在憶

想之中嚮往呢？如果真有「瑤池阿母」，真有「綺窗」、「八駿」，為什麼神仙的境界就再也不能到達呢？為什麼直到李商隱的時代，大地人間還沉浸在痛苦悲哀之中呢？其實李商隱並非不曉得這一切都是虛幻的，可是他就是不甘心放棄，就是要懷著無限悲哀的癡情，苦苦地渴望和期待著。讀李商隱的這些詩，即使你不知道他所追尋的究竟是什麼，他的言外之意指什麼，僅他那種悵惘哀傷、纏綿悱惻的感情形象本身，就足以在直覺上打動你，使你不由得被那難以言狀的悲愴之美所震懾，所吸引。同時也正因為你難以用理性去解說，難以用指實的框子來圈定，因而它所帶給你的感動和聯想才是自由和無限制的。那麼李商隱為什麼會有這種悵惘哀傷的感情，又怎麼會寫出這樣窈眇隱晦的詩作來呢？這就是他所經歷的時代、家境，以及本人性格、遭遇等多方面因素結合的結果了。

李商隱所經歷的唐代，已到了一個急遽下滑的陡坡上，任何力量也阻擋不住它注定傾覆的慣性。李商隱在短短四十六載的生命里程中，曾目睹了憲宗、穆宗、敬宗、文宗、武宗、宣宗六朝的更替。這正是唐代的多故之秋，外有藩鎮割據，內有宦官專權，加之大臣之間的朋黨爭鬥，因此形成當時朝中帝王之生殺廢立盡出於中官（太監），朝士之進退黜升半由於恩怨的局面。歷史上有名的「甘露之

變」，使李商隱深為唐文宗「受制於家奴」以至於
「運去不逢青海馬，力窮難拔蜀山蛇」（《詠史》）的
處境而痛惜。此外更令人痛惜的，還在於詩人的不
幸身世和遭遇，史籍中記載，他少小孤寒，十歲喪
父，十二歲就作為長子而擔負起養家的責任。為此
他曾刻苦讀書，除欲求得仕宦的因素外，李商隱還
是一個關懷國家民生，有理想，有見解的有志之
士。不幸他科場不利，兩次應考皆未登第。直到他
二十六歲那年，才因令狐楚、令狐綯父子的推薦考
中進士。就在這一年的冬天，他寫了《行次西郊作
一百韻》的著名長詩，詩中描繪出當時民間的荒涼
景象：「高田長檞櫪，下田長荊榛。農具棄道旁，
饑牛死空墩。依依過村落，十室無一存。」指出了
當時政綱紊亂的弊端在於「中原遂多故，除授非至
尊，或出倖臣輩，或由帝戚恩」；「巍巍政事堂，
宰相厭八珍，敢問下執事，今誰掌其權。瘡痍幾十
載，不敢抉其根」。最後詩人陳述自己的願望說：
「我願為此事，君前剖心肝。叩頭出鮮血，滂沱污
紫宸。九重黯已隔，涕泗空沾唇。」表現出深摯強
烈的想要救國救民之願望。就在他寫此詩的次年，
他又去參加博學鴻詞科的考試。當時他本已被吏部
錄取，當他的名字上報到中書省時，卻由於中書長
者說「此人不堪」，遂又落選。李商隱為何會令中
書長者感到「不堪」呢？這之中有兩種可能，首先

不能排除他當時既受知於令狐氏（牛僧孺黨人），又娶了王茂元（李德裕黨人）之女為妻的事實，這被當時朋黨交爭，各執一見的官場視為背恩之舉；此處更重要的，還可能在於李商隱的這首長詩觸犯了當權者的忌諱。因此以李商隱那一份執著多情、幽微善感的天性，他既要追求「欲回天地入扁舟」（《安定城樓》）的理想境界，又要保持「一生不復沒階趨」（《任弘農尉獻州刺史乞假歸京》）的高尚氣節；既不能忘懷令狐父子的知遇之恩而與之斷絕來往，又不忍傷害與愛妻、岳父之間的親情關係；再加上他寫的那些政治詩所招來的許多麻煩，這一切都注定了他在感情上將終身陷在進退兩難的矛盾漩渦中難以自拔。在政治作為上，他更是失意，一生窮困漂泊，先後數次為人做幕（給地方軍政長官當秘書），從未有過施展才志的機會。翻開李商隱的文集，可以看到，他十之八九的文章都是給人家做書記時留下的。以這樣才學卓越的有志之士，卻一輩子都浪費在寫那些無聊的應酬文字上，這實在是人世間最大的遺憾和悲哀。正是這種「虛負凌雲萬丈才，一生襟抱未曾開」（崔珏《哭李商隱》）的終生憾恨與他「古來才命兩相妨」（《有感》）的種種遭遇，才使李商隱的詩風染上了那些悵惘哀傷、淒迷晦澀的情調。下面我們來看他一首最有名、也是最難懂的詩：

錦瑟

錦瑟無端五十弦，一弦一柱思華年。
莊生曉夢迷蝴蝶，望帝春心託杜鵑。
滄海月明珠有淚，藍田日暖玉生煙。
此情可待成追憶，只是當時已惘然。

　　這是李商隱作品中後人分歧最大、爭議最多的一首詩。有人說是愛情詩，有人說是政治詩，有人說是悼亡妻的，有人說是洩積怨的，有的說此一句指令狐綯，彼一句指李德裕……，真可謂「一篇錦瑟解人難」。我認為還是應該拋開各種成見，先從詩篇本身所使用的典故、形象、結構、口吻，去體會它給予我們的直覺感受。李商隱詩難懂的另一重要原因，還在於他頻繁的用典，因此讀他的詩，首先要弄清他詩中典故的本來意義。

　　「錦瑟無端五十弦」句中就用了《史記・封禪書》中的一個故事，上古時「太帝使素女鼓五十弦瑟」，瑟這種樂器發出的聲音本來就是低沉哀傷的，再加上它的弦有五十根之多，所奏出的樂曲就更是繁複曲折、憂鬱悲愴了，所以每次奏瑟，都令太帝泣不可止，後來太帝實在無法忍受這麼沉重的哀痛，就「破其瑟為二十五弦」。李商隱用此典故

的重點在於「無端五十弦」之上，一般樂器有四弦的琵琶、五弦的、七弦的琴、十三弦的箏，你「錦瑟」為什麼偏偏比別人多出這麼多根弦來？你李商隱為什麼偏要比別人的情感更銳敏纖細，更幽微抑鬱？孰令為之，孰令致之？是「無端」而然，無緣無故，生來如此，無可奈何的！這是美麗珍貴之「錦瑟」與生俱來的悲哀，也是才情華美之李商隱命定的悲劇！所以下面的「一弦一柱思華年」便過渡到詩人對自己悲劇年華的追憶。由於「錦瑟」之弦與詩人之心弦是同聲相應，互為應和的，那麼錦瑟上每一根弦柱所發出的聲響，都自然會引起詩人心靈的波動和震顫，於是詩人觸緒傷懷，引出了對平生感情經歷與生命遭遇的追溯和回憶。

「莊生」兩句所憶及的是詩人華年之中的感情經歷。首先他用了《莊子‧齊物論》上的典故：莊子有一天夢中變成了蝴蝶，但夢醒之後，發現自己還是莊周，於是他茫然不知是蝴蝶變成了莊周呢，還是莊周變成了蝴蝶。莊子的本意是要表現齊物的哲學思想。但李商隱的用意不在「齊物」上，他只是借典發揮，沿著「夢為蝴蝶」這個美麗的形象思路，再加一「曉」與「迷」字，使之又翻出一層新意：夢是理想的象徵，蝴蝶又是永遠追尋著鮮花的，這裏都蘊含著對於美好理想與情感的追尋和嚮往。李商隱於「夢」前加一「曉」字，意在突出強

調那是一場破曉之前很快就要破滅的殘夢。「迷」字的重點則在於襯托蝴蝶之夢的美好。夢越是美妙、香甜，就越對之執迷癡狂、流連忘返。這一句完整的意思是：我曾有過執迷癡狂的夢想，而且這夢幻有如蝴蝶一般美麗翩躚，但沒料到我這一份如癡如狂的熱情和希望，竟會在這麼短的時間內，這麼輕易地就毀滅了。現實中李商隱所追求的、所夢想的究竟是什麼呢？其實無論是什麼，他都不妨可以有這種追求的感情！

接著，「望帝春心託杜鵑」又用了望帝魂化杜鵑的典故：古時蜀地有一皇帝名杜宇，號稱望帝，他曾因一失足，鑄成失位、失國的千古憾恨而終生陷於愧疚自責之中。死後他的靈魂化作杜鵑鳥，每到春來，杜鵑鳥就不住地鳴叫，其啼聲酷似「不如歸去」，而且直啼得泣血為止。這裏李商隱除了襲用望帝死後仍難擺脫對舊情故國的牽戀之情以外，且在「望帝魂託杜鵑」的典故中間加上「春心」二字。「春心」在中國傳統詩歌中所代表的，是一種浪漫而熱烈的感情的萌動，但由於對這樣一種美好感情的追求，常常要伴隨著許多痛苦悲哀，所以李商隱在一首《無題》中說道：「春心莫共花爭發，一寸相思一寸灰。」李商隱的悲哀正在於他明知春心會寸寸成灰，卻偏偏還要「春蠶到死絲方盡，蠟炬成灰淚始乾」。尤其是當詩人的這份「春心」一

且加之於「望帝託杜鵑」的固有意象之上，遂又有了更深層次的寓意：與花爭發的春心託情於「春蠶」、「蠟炬」，這份至死方休的執著已彌足感人了，更何況這「春心」竟又寄託在至死不休的「望帝」與「杜鵑」之上呢！

從「曉夢」到「春心」，從「迷蝴蝶」到「託杜鵑」，隨著李商隱低迴婉轉、幽隱哀怨的心弦的撥動，那些舊情如夢、憾恨無窮的華年往事被重新喚醒，聯想到命途多舛、浮生如萍的遭遇，詩人禁不住觸緒傷情。

「滄海月明珠有淚，藍田日暖玉生煙」的前兩句「莊生」、「望帝」都是從人說起的，這兩句的「滄海」、「藍田」則是從景物上說的。景就是「境」，就是境遇和遭際，如果說前兩句是詩人內心感情經歷的象喻，那麼這兩句所象喻的，則是詩人外在的環境和遭遇。「滄海」一句是三個典故的結合。李商隱詩不僅喜歡用典，而且也善於用典，有時他是直接用典故的原意，有時是借典發揮，翻用新意。這句他是把幾個相關的典故結合在一起連用。首先用了蚌珠的典故：中國古籍中記載，月滿則珠圓，月缺而珠虛（空），只有當夜明月滿之時，你才能採到圓潤美滿的珍珠。所以「滄海月明珠有淚」的第一層用意是說，海上月滿，海蚌珠圓（這是典故上說的），而且這明珠還含著晶瑩的眼淚（這是李商

隱加上去的）。珍珠是美麗的，淚滴是悲哀的，為什麼天下那些最美好的事物總要伴隨著悲哀呢？而且是在「滄海」這如此廣漠荒涼之中的悲哀！於此又有了第二個典故，即「滄海遺珠」的聯想：珠寶的價值就在於有識貨的人把它當作珠寶來珍惜和賞愛，而事實上那些採珍珠的人們卻往往把一顆最美好、最明亮的珍珠遺漏在茫茫滄海之中，如果真有這樣一顆被遺棄的，永遠得不到知賞的珍珠，它又怎麼能不「珠有淚」呢，這就又引出了第三個典故：傳說大海中有一種「水居如魚」的鮫人，她哭泣時，能夠淚落成珠。「珠有淚」說的是如此珍貴美好的事物卻充滿了淒涼悲哀；「淚成珠」是說如彼沉痛悲哀的情感竟具有美好珍貴的價值；一個是美麗而且悲哀的，一個是悲哀然而美麗的，這美與悲、悲與美所構成的種種形象，豈不正是李商隱其人、其詩，與其不幸的身世境遇相結合的濃縮概括嗎！

下句中的「藍田」，是長安附近以盛產玉石而聞名的一座山的名稱。這首詩不但每一句都表達了一個完整的意象，而且形象與形象之間還具有相得益彰的對比效果。「滄海」是海，「藍田」是山；「月明」是夜晚，「日暖」是白天。在「滄海月明」的淒涼孤寂之中，詩人曾有過「珠有淚」般美好而悲哀的感情經歷，那麼在「藍田日暖」這樣溫暖和煦的環境裏，詩人的境遇又是如何呢？古人說「石

蘊玉而山輝」。所謂「玉生煙」這裏可能有兩種寓意，一是把玉當作可望不可即的追尋對象，欲採而不得；另一種是以玉自比，言其由於無人開採，因此當日光照射在玉石之上才煥發出淒迷朦朧的煙光。不管是要採而不得，還是有玉無人採，總之都是蘊藏與採用相違反、相悖逆的不幸際遇。

總觀詩人一生的身心經歷，他曾有過夢迷蝴蝶的美妙幻想，可那終歸是殘更曉夢，轉瞬即逝；他曾竭力控制壓抑自己的滿懷春情，可那「春心」非但不死，還附魂「望帝」，託情「杜鵑」；他晶瑩美麗如滄海明珠，但不幸竟被採珠者遺落在苦海蒼茫之中：他玲瓏珍貴如藍田寶玉，卻幽閉埋沒於岩石層中，淒然散發著渴求與無奈的迷霧靈光……詩的結尾總結道：「此情可待成追憶，只是當時已惘然。」「此情」指的即是從「莊生」到「藍田」這四種不同的身心境遇。對於這種種感情的經歷與遭遇，難道一定要等到今天追憶它的時候，才覺得它們是悵惘哀傷的嗎？清朝人寫過兩句詞：「當時草草西窗，都成別後思量。」人生有許多感情是在失去之後，才認識到它的意義和價值的，但李商隱不是，他在「當時已惘然」了，「惘然」是一種悵惘哀傷、若有所失、若有所尋的感情，這是一種人之常情，每個人都有過追尋和失落的感受，人生就徘徊在這追尋與失落的情感之間，而將人生這種感情

境界表現得最深切感人的，莫過於李商隱了，在他之前，沒有人能寫出這樣的詩來。那麼李商隱的特色和魅力究竟是什麼呢？

概括地說，李商隱的詩最突出的特色，就是用理性的章法結構來組織非理性的、緣情而造的形象。如這首《錦瑟》，前兩句在結構上具有起承的作用，中間四句排列了四種情、境的形象，最後兩句是全詩的總結和收束，具有轉合之妙。這種理性與非理性的結合，使你產生似懂非懂的印象，它的起承轉合、條理層次與情緒口吻，都使你感到完全可以理解；而「曉夢迷蝴蝶」，「春心託杜鵑」，以及「滄海珠有淚」，「藍田玉生煙」等超現實、超理性的形象，又給你一種不可理喻的、朦朧的美感，並在打動你的同時，帶著一種不可知的吸引力。從心理學上講，人們對事物的認知都是「貴遠而賤近」的，對某一事物的瞭解如果到了一覽無遺的程度，那它就不再具備吸引你的力量了，只有那些你看得見，摸得著，卻猜不透的，似懂非懂的，似曾相識又不曾相知的事物，對你才有魅力，才能誘發你的好奇心。「魅」字之所以從「鬼」部，就在於它具有一種神奇而不可知的，非人之理性所能控制的強大吸引力。李商隱的《錦瑟》、《燕台》、《無題》等詩，就具有這樣的藝術魅力。對於這些完全訴諸感性的，完全憑心靈感受的觸動而寫成的詩篇，原

本是不可以有心求的。所以要想欣賞李商隱的詩，首先應當具備一顆與詩人相類似的心靈，用「心有靈犀一點通」的直覺感受，收集他留給你的能夠感受而卻難以言說的印象，憑藉這些印象所組織起來的感覺線索，去逐漸深入地體會他那「才命兩相妨」的抑鬱悲傷；去探索他幽微窈眇的心靈跡象；去溝通他朦朧淒迷的神致思路；去分享他如夢如幻的追尋嚮往。而不應帶著某種固有的成見，用完全猜謎的方式去測驗它，其實就算你能機智取巧地猜對了，也仍然不是正當的欣賞之道，因為你所猜中的部分，不過只是詩中所蘊含的那份直接感動你的素質的一部分在起作用，如果你把這屬於詩歌本身的興發感動之因素完全忽略掉，而只按自己的猜測去牽合附會，這就難免捨本逐末了。

安定城樓①

迢遞高城百尺樓，綠楊枝外盡汀洲②。

賈生年少虛垂涕③，王粲春來更遠遊④。

永憶江湖歸白髮，欲回天地入扁舟⑤。

不知腐鼠成滋味，猜意鵷雛竟未休⑥！

【注】

①「安定」：郡名，即涇州（今甘肅涇川縣北），唐代涇原
　節度使府所在地。文宗開成三年（838），作者參加博學
　宏詞科考試，因故落選。這首詩是本年春天在其岳父、
　涇原節度使王茂元幕時登臨抒懷之作。

②「迢遞」：綿長繚繞的樣子。「盡」：盡頭。兩句意謂：登
　上城樓眺望，在枝柯披拂的綠楊林外，視線盡處，都是
　涇水之中片片的洲渚。

③「賈生」：西漢的賈誼，他青年時所上的《陳政事疏》中針
　對當時國家的種種弊端，指出當時形勢有「可為痛哭者
　一，可為流涕者二，可為長太息者六」，提出了一系列的建
　議。這句說自己雖憂國事，卻得不到當權者的重視，故云
　「虛垂涕」。

④「王粲」：東漢末年人，曾流寓荊州依劉表，作《登樓賦》，
　抒寫其「冀王道之一平兮，假高衢而騁力」的懷抱和不得
　志的苦悶。這句說自己落第遠遊，寓居涇幕，心情悒鬱。

⑤「永憶」：長想，一貫嚮往。「江湖」：與朝廷相對，喻指
　歸隱的處所。「入扁舟」，暗用春秋時越國大夫范蠡功成
　後乘扁舟泛五湖而歸隱的典故。兩句意為自己一貫嚮往
　著年老白髮乘舟歸隱江湖，但希望是在做出一番回天轉
　地的宏偉事業後才遂此宿願。

⑥「不知」二句：典出《莊子・秋水》。惠施在梁國當宰相，莊子前去見他，有人對惠施說，莊子想取代你的相位，惠施很恐慌。莊子見到惠施，用寓言諷刺他道：南方有一種叫鵷雛的鳥，不是梧桐不棲，不是竹實不吃，不是甘泉不飲，鴟鳥弄到一隻腐鼠，看到鵷雛飛過，懷疑它要來搶食，就衝著它發出「嚇」的怒叫聲；現在你惠施也想用梁國這隻腐鼠來「嚇」我嗎？作者借這個典故，諷刺那些猜忌和排斥自己的朋黨勢力。「腐鼠」，喻自己所鄙視的利祿。「成滋味」：當作美味。「猜意」：猜疑他人心意。「鵷雛」：鳳凰一類的鳥，喻具有雄心壯志和高潔品格的人物。兩句謂自己具有憂時愛國的高情遠志，不屑於個人利祿，不料嗜腐成癖、醉心利祿的人們卻對自己猜忌不休。

詩篇表達出李商隱的理想與追求。尤其是後兩句寫得很激動，其中的感慨很像西方作家卡夫卡小說《一個絕食的藝術家》中所講：一個不食人間煙火也能生存的藝術家，不被食人間煙火之同類所相信，後來就把他當作怪物（異類）送到馬戲團去展覽。就這樣還是有人懷疑夜間可能有人給他送飯吃，於是就把他裝進鐵籠，與外界隔絕，並暗中偵察他是否真不吃飯……。整個故事表現的意念是，世上有一種人，他們所追求的不是現實中、物質上的名利祿位。然而卻無人相信，就像不相信老虎不吃肉也能活一樣。李商隱所抒發的正是這種跟一般人不一樣的人所具有的孤獨、痛苦、寂寞和悲憤。

任弘農尉獻州刺史乞假歸京①

黃昏封印點刑徒②，愧負荊山入座隅③。

卻羨卞和雙刖足，一生無復沒階趨④。

【注】

① 開成四年（839），李商隱由秘書省校書郎調任弘農（今河南省靈寶縣）尉，因為活獄（免除或減輕對受冤死囚的處罰）而觸怒了上司，於是詩人憤而辭去尉職。這首詩是呈給上級要求離職的。

②「封印」：封存官印。封印與清點囚徒是縣尉每天散衙前的例行公事。作者《偶成轉韻七十二句贈四同舍》：「手封狴牢屯制囚，直廳印鎖黃昏愁。」可參證。

③「荊山」：虢州湖城縣（今河南靈寶縣）有荊山（又名覆釜山），山勢雄峻。作者《荊山》詩云：「壓河連華勢孱顏，鳥沒雲飛一望間。」雄峻的荊山與詩人沉淪下僚，趨荊山，深感慚愧，覺得自己有負於荊山。

④「卞和刖足」：相傳春秋時楚人卞和在荊山（在今湖北南漳縣西）得一玉璞，先後獻給楚厲王和楚武王，卻都被人說成是石頭，因而相繼被砍去雙腳。楚文王即位，他抱璞哭於荊山，文王命玉工雕琢這塊玉璞，果得寶玉，稱「和氏之璧」。「刖足」：斷足，古代的一種酷刑。虢州荊山與卞和獻玉的荊山同名，作者因「活獄」而觸忤上司的不平遭遇，又與卞和獻玉反遭刖足的遭遇有類似之處，故生此聯想。「沒階」：盡階，走完台階。「沒階趨」：形容拜迎長官時奔走於階前的卑屈情狀。縣尉職位卑微，低於縣令、縣丞和主簿。這兩句是說，我反倒很羨慕卞和被刖去雙足，免得一輩子遭受在階前逢迎奔走的恥辱。

賦得雞^①

稻粱猶足活諸雛，妒敵專場好自娛^②。
可要五更驚穩夢，不辭風雪為陽烏^③？

【注】

① 《戰國策・秦策》：「諸侯不可一，猶連雞不能俱止於棲亦明矣。」用縛在一起的雞喻互相牽制不能一致的諸侯割據勢力。本篇取這一比喻加以生發，借雞來揭露當時的藩鎮。根據指定的題目而寫詩，一般題前例加「賦得」二字。

② 「稻粱」：雞飼料。「妒敵專場」：劉孝威《鬥雞篇》：「丹雞翠翼張，妒敵得專場。」寫鬥雞彼此妒視，都想壓倒對方，獨占全場。這兩句說稻粱食料足夠養活雞的幼雛，但它們仍互不相容，以獨霸全場為樂。比喻藩鎮雖割據世襲，仍為各自的私利而彼此敵視，相互火併。

③ 「可要」：是否要。「陽烏」：傳說太陽中有三足烏。這兩句意謂，雞的本能應是報曉的，除了為諸雛打算和妒敵專場以外，是否它還願意在五更時驚醒人們的酣夢，不辭風雪來報曉，以迎接太陽的升起呢？以此喻指藩鎮各謀私利，彼此割據競爭，不肯為改善國家的黑暗政治而努力。

無題

相見時難別亦難①，東風無力百花殘②。

春蠶到死絲方盡，蠟炬成灰淚始乾③。

曉鏡但愁雲鬢改，夜吟應覺月光寒④。

蓬山此去無多路，青鳥殷勤為探看⑤。

【注】

① 古人常說「別易會難」，這句翻進一層，說會面本已困難，而分別更令人難以為懷。上「難」指困難，下「難」言難堪。

② 這一句說分別正值暮春，傷春與傷別的雙重悲哀更令人觸景傷懷。

③「絲」與「思」諧音，蠟燭燃燒時燭脂流溢如淚，故稱「燭淚」。這兩句比喻對所愛者至死不渝的思念和無窮無盡的別恨。

④「雲鬢」：青年女子濃密的頭髮，此指青春年華。「但愁」、「應覺」都是設想對方心理的語氣。兩句意即，對方晨起攬鏡，惟憂會合無期，年華易逝；涼夜吟詩，當感月色凄寒，心緒悲涼。

⑤「蓬山」：神話傳說海上有仙山，這裏指所思念的女子的居住之處。「青鳥」：傳遞消息的仙鳥。兩句是說對方所居不遠，仍希藉青鳥傳書，試為殷勤致意。這是在失望中仍有所希冀之語。

無題

颯颯東風細雨來，芙蓉塘外有輕雷^①。

金蟾齧鎖燒香入，玉虎牽絲汲井回^②。

賈氏窺簾韓掾少，宓妃留枕魏王才^③。

春心莫共花爭發，一寸相思一寸灰^④！

【注】

①「颯颯」：風聲。「芙蓉」：荷花的別名。兩句寫滋潤的春日風雨喚醒萬物，雷聲隱隱驚眠起蟄，以烘托女主人公的相思也被喚醒了。

②「金蟾」：指蛤蟆形狀的香爐。「齧」：咬。「鎖」：指香爐的鼻鈕，可以開閉，放入香料。「玉虎」：用虎狀玉石裝飾的轆轤。「絲」：指井索。這兩句含義比較隱晦，意思是說當春天到來時，即使隔絕閉鎖很嚴的心靈，也會被「燒香入」的熱烈馨香所薰染；即使枯竭如古井一樣的感情，也會在「玉虎牽絲」，轆轤交往的勾引觸動下湧出清泉。

③「賈氏窺簾」：晉韓壽貌美，賈充闢他為掾（僚屬）。一次充女在門簾後窺見韓壽，很喜愛他，於是二人私通。後被賈充發覺，遂以女妻壽。事載《世說新語》。「宓妃留枕」：傳說伏羲氏之女宓妃溺死於洛水，遂為洛神，此處指魏文帝曹丕之甄后。《文選·洛神賦》李善注說：曹植曾求娶甄氏（原為袁紹兒媳），曹操卻將她許給曹丕。甄氏死後，曹丕將她的遺物玉鏤金帶枕給了曹植。植離京歸國途中，在洛水邊止宿，夢見甄氏對他說：「我本託心君王，其心不遂。此枕是我在家時的從嫁，前與五官中郎將（指曹丕），今與君王。」植因感其事而作《洛神賦》。這裏由上文「燒香」引出賈氏窺簾、韓壽偷香的愛情故事；由「牽絲」引出甄后留枕、情思不斷的愛情故事。兩句意謂，賈氏窺簾，是愛韓壽

的少俊；甄后情深，是慕曹植的才華。她們追求愛情的願
望是不可抑止的，即「春心共花爭發」的意思。

④「春心」二句：意謂相思之情如春花萌發不可抑止，但每
次追求總是帶來新的失望。香滅成灰，故說「一寸相思
一寸灰」。

此詩通篇寫的是感情的萌發，即「春心」。詩中有詩人熾
烈奔放的熱情，也有他抑鬱無奈的感傷。

暮秋獨遊曲江①

荷葉生時春恨生，荷葉枯時秋恨成。

深知身在情長在，悵望江頭江水聲。

【注】

①這首詩所表現的是一種無可奈何的悵惘哀傷，這是流露於
作者絕大多數詩篇中的基本感情格調。

這本書的譜系
Related Reading

初唐

初唐的前五十年仍延續著南朝的詩風，以宮體詩為主。然而，一批來自中下層社會、通過科舉考試進入仕途的詩人，成為詩歌創作的主力。他們的題材突破了宮體詩的狹小範圍，把懷鄉、邊塞、市井生活、山川景物等，都納入歌詠的內容，讓詩歌成為個人的抒情和寄託。

王勃	「初唐四傑」之首，其詩風清新流暢、質樸自然，代表作品為《滕王閣序》。
楊炯	「初唐四傑」之一，詩風以邊塞征戰詩著名，像是《從軍行》、《出塞》等，皆表現出雄健風格。
盧照鄰	「初唐四傑」之一，擅長七言歌行，代表作為《長安古意》，詩筆縱橫奔放、富麗而不浮豔，為初唐長篇歌行的名篇。
駱賓王	「初唐四傑」之一，在四傑之中他的詩作最多。他的詩題材廣泛，尤擅長七言歌行，名作《帝京篇》在初唐時已被譽為絕唱。
沈佺期	其近體詩格律嚴謹精密，為律詩體制定型的代表詩人。代表作《獨不見》。
宋之問	為近體詩定型的代表詩人。其詩文多為頌揚功德之作，尤擅長五言律詩，代表作有《題大庾嶺北驛》、《度大庾嶺》等。
陳子昂	為唐詩革新的先驅者，認為詩歌應繼承《詩經》的傳統，有比興寄託。代表作是《感遇》詩三十八首和《登幽州台歌》。

盛唐

玄宗開元元年（公元713年）至代宗永泰元年（公元765年）的五十年間，是唐詩發展的頂峰。

盛唐詩壇具有強烈的時代特色，社會的開明與開放，帶來了充沛的創造力與活力，詩歌作品博大、雄渾、深遠、超逸。這個時期除了山水、田園、宮怨、離情等傳統題材外，也有豐富的政治詩和邊塞詩。

李白	為浪漫主義詩人，被後人尊稱為「詩仙」，與杜甫並稱為「李杜」。其詩以抒情為主，詩風格豪放飄逸，想像豐富。存詩近千首，有《李太白集》傳世。
杜甫	為唐朝現實主義詩人。其詩歌兼備多種風格，除五古、七古、五律、七律外，還寫了不少排律。後人尊其為「詩聖」，作品集有《杜工部集》。
王維	外號「詩佛」。以五言律詩和絕句著稱，其詩有兩種風格，前期大都反映現實；後期則多描繪田園山水，田園詩尤其擅長。作品集有《王右丞集》。
王昌齡	盛唐著名的邊塞詩人。其擅長七言絕句。題材多以邊塞、閨情宮怨和送別為主，代表作有《出塞》、《從軍行》、《長信秋詞》、《閨怨》等。
高適	邊塞詩人，與岑參並稱「高岑」。其邊塞詩雄壯而渾厚，描寫西塞生活、戰場景象等，代表作為《燕歌行》。
岑參	邊塞詩人，「雄奇瑰麗」是他邊塞詩的特色，代表作有《輪台歌奉送封大夫出師西征》、《走馬川行奉送封大夫出師西征》。

中唐

代宗大曆元年（公元766年）至文宗太和九年（公元835年）的七十年間，出現了眾多的詩人，詩歌的數量及流派眾多。

安史之亂後的中唐，政治經濟整體呈現衰頹的局面，藩鎮割據、宦官擅權、朋黨之爭，社會處於緊張情緒。因此中唐詩歌的政治色彩比盛唐更為強烈。

元稹	與白居易齊名，並稱「元白」，是新樂府運動的倡導者。其詩擅長描寫男女愛情，細緻而生動。作品集為《元氏長慶集》。
白居易	與劉禹錫齊名，並稱為「劉白」。其詩歌題材廣泛，作品平易近人，老嫗能解，是新樂府運動的倡導者。代表作品集為《白氏長慶集》。
韓愈	為唐宋八大家之首，與柳宗元是當時古文運動的倡導者。韓愈以文為詩，以論為詩，求新求奇，代表作有《南山詩》、《春雪》、《晚春》。
孟郊	現存詩歌五百多首，以其擅長的五言古詩最多。與賈島齊名，人稱「郊寒島瘦」。代表作有《遊子吟》。
韋應物	田園派詩人，其詩多描寫山水田園，詩風清幽靜寂，寄託深遠。著有《西塞山》、《滁州西澗》等名篇。
李賀	被稱為「詩鬼」。其詩想像力豐富，意境華麗，文字瑰麗奇峭。代表作有《高軒過》、《雁門太守行》、《羅浮山人與葛篇》等。

晚唐

自文宗開成元年（公元836年）至昭宣宗天祐四年（公元907年）的七十年間，政治形勢更為黑暗，有才華的詩人很難憑藉自己的才華進入仕途。

這時期的詩歌脫離了政治，轉而追求詩歌的美學價值；或是沉緬於內心深處，品味一己的哀愁。此外，受市民文學的影響，愛情主題十分流行。

杜牧	擅長長篇五言古詩，其詩情致豪邁，氣骨遒勁；其七言律詩細密工麗，辭精意美。作品收錄在《樊川文集》。
李商隱	與溫庭筠合稱「溫李」。李商隱是極富於藝術感的詩人，對美有獨特的體會，善於描寫和表現細微的感情，代表作有《無題》、《夜雨寄北》、《錦瑟》等。
杜荀鶴	為現實主義詩人。其詩自成一家，擅長於宮詞，代表作為《春宮怨》。
聶夷中	其詩作中揭露出封建統治階級對人民的殘酷剝削，對農戶的疾苦寄予同情。代表作有《詠田家》、《田家二首》、《短歌》、《雜怨》等。
皮日休	其詩有兩種風格，一為繼承新樂府傳統，語言平易近人；一為韓愈逞奇鬥險風格。著有《皮子文藪》。

延伸的書、音樂、影像
Books, Audio & Videos

《迦陵論詩叢稿》

作者：葉嘉瑩

出版社：中華書局，2007年

由作者對中國古典詩歌的重要作品和作家，如《詩經》、《古詩十九首》、陶淵明、謝靈運、柳宗元、李商隱等，做了深入探討。透過此書，可以瞭解到作者研讀的態度及寫作方式的轉變過程。

《迦陵論詞叢稿》

作者：葉嘉瑩

出版社：桂冠圖書，2000年

書中共有十多篇文字，記錄作者從事詞學研究以來，由對個別詞人的詞作評賞到反思詞學批評理論的足跡。前八篇是針對個別詞人及詞作的批評和欣賞，後兩篇則是對批評理論的探討。

《唐詩百話》

作者：施蟄存

出版社：上海古籍出版社，1987年

作者將數十年來對中國古典詩學的潛心探索，以嚴謹考證和比較文學研究的方法集結成一書。施蟄存是中國現代著名作家、文學翻譯家及學者。在詩學、詞學、比較文學、金石碑刻與文物等研究領域，都有傑出的成就。

《人間詞話》

作者：王國維

出版社：上海古籍，1998年

本書是王國維最重要的一部文學批評著作。接受西洋美學的洗禮後，他以嶄新的觀點對中國文學作出評論，具有劃時代的意義。

《昨夜星辰昨夜風：李商隱詩歌欣賞》

朗誦：曹燦、李揚

出版社：河北教育音像出版社

朗誦藝術家以普通話為依託，通過語氣、語調、語速、重音的變化和情緒的調動，以情感再現文學作品的思想內涵，用聲音重塑文學作品的人物形象。

「中國文學之美系列──李商隱」

http://twartline.myweb.hinet.net/p3.htm

講者：蔣勳

出版者：耕心藝術欣賞工作室

中國文學之美系列四十八講，作家蔣勳主講，內容包含文學、詩歌、戲曲等，以及王維、李白、杜甫、李商隱等人物。

《中國古韻：大唐樂舞》

類型：紀錄片

製作：日本NHK

唐朝的樂舞藝術為中國史上最成熟的巔峰，音樂舞蹈成為日常生活的一環。本片以全唐詩及敦煌飛天為藍圖，勾勒出樂工舞伎的衣飾形象以及器樂編制的陣容，重現大唐盛世的風采。收錄的曲目有《綠腰》、《霓裳羽衣舞》、《華清宮》等古樂曲及舞蹈。

經典3.0
ClassicsNow.net

迷人的詩謎 李商隱詩

原著：李商隱
導讀：葉嘉瑩
故事繪圖：阮筠庭

策畫：郝明義
主編：徐淑卿
美術設計：張士勇
編輯：李佳姍
圖片編輯：陳怡慈
編輯助理：崔瑋娟
美術編輯：倪孟慧　戴妙容
邊欄短文寫作：涂宗呈
校對：呂佳真

感謝北京故宮博物院對本書之圖片內容提供特別支持與協助

企畫：網路與書股份有限公司
出版者：大塊文化出版股份有限公司
台北市10550南京東路四段25號11樓
www.locuspublishing.com
讀者服務專線：0800-006689
TEL：886-2-87123898　FAX：886-2-87123897
郵撥帳號：18955675
戶名：大塊文化出版股份有限公司
法律顧問：全理法律事務所董安丹律師
版權所有　翻印必究

總經銷：大和書報圖書股份有限公司
地址：新北市新莊區五工五路2號
TEL：886-2-8990-2588　FAX：886-2-2290-1658
製版：瑞豐實業股份有限公司
初版一刷：2010年5月
初版二刷：2015年8月
定價：新台幣220元
Printed in Taiwan

迷人的詩謎《李商隱詩》 = The poetry of Li
Shangyin / 李商隱原著；葉嘉瑩導讀；阮筠
庭故事繪圖. -- 初版. -- 臺北市：大塊文化，
2010.05
　　面；　公分. -- (經典 3.0；004)
　　ISBN 978-986-213-181-7(平裝)

851.4418　　　　　　　99004728